妈呀，
一下迷路，一下暴走

米米 著　　**迷路** 绘

人民文学出版社
PEOPLE'S LITERATURE PUBLISHING HOUSE

著作权合同登记号　图字01-2021-5244

版权所有©米米/著，迷路/绘
本书版权经由圆神出版社授权上海九久读书人文化实业有限公司出版简体中文版
委任安伯文化事业有限公司代理授权
非经书面同意，不得以任何形式任意复制、转载。

图书在版编目（CIP）数据

妈呀，一下迷路，一下暴走 / 米米著；迷路绘. --
北京：人民文学出版社，2021
ISBN 978-7-02-015569-9

Ⅰ. ①妈… Ⅱ. ①米… ②迷… Ⅲ. ①随笔－作品集
－中国－当代 Ⅳ. ①I267.1

中国版本图书馆CIP数据核字（2019）第175916号

责任编辑　甘　慧　张玉贞
装帧设计　李苗苗

出版发行　人民文学出版社
社　　址　北京市朝内大街166号
邮政编码　100705

印　　制　上海盛通时代印刷有限公司
经　　销　全国新华书店等

字　　数　116千字
开　　本　890毫米×1240毫米　1/32
印　　张　7
版　　次　2021年12月北京第1版
印　　次　2021年12月第1次印刷

书　　号　978-7-02-015569-9
定　　价　59.00元

如有印装质量问题，请与本社图书销售中心调换。电话：010-65233595

感谢在前面

当圆神出版社再次邀约写书,米米心里既开心又焦虑。

我们的处女作《人生啊,欢迎"迷路"》获得许多回响,虽然那是一本从孩子角度作为出发点的书籍,但却无意间抚慰了许多大人的灵魂。于是短短一年之内再版了十二次,对于我们这样的素人母子而言,由衷地感到鼓舞。

不过,身为单亲妈妈,人生最大的罩门没有别的,就是时间。"与时间赛跑"这样的语言根本不足以形容我的生活,老实说,时间活脱脱像把架在脖子上的开山刀啊!我在那总是睡不满六小时的人生之中,日复一日地南征北战,从台北到基隆、桃园、新竹甚至台中,永远都有跑也跑不完的会议场子。在这过程中,还有接也接不完的电话和夺命追魂般的线上群组信息。即使到了下班时间,那也从来都不是真正意义上的下班。

"下班"这两个字压根不存在我的字典里。

回家之后，追赶跑跳碰的"老木模式"瞬间启动，马不停蹄地周旋在两个屁孩的事务上，接送、喂食、聊天、写功课、看联络簿、与老师沟通，不时还得骂骂人，陪着他们玩游戏、练琴、创作、运动，催促他们刷牙、洗脸、洗澡，最后，终于完成了床上的谈心、讲故事……说到这里，可千万别以为这忙死人不偿命的一天就能告一段落。

喔，并没有！

每当孩子睡得酣香之际，也正是我敲钟上工的时段，赶着一份又一份的简报、一个又一个的案例进度。除了工作与家庭事务之外，挤出大量时间用于公益活动及公益讲座也是必要之事，因为这是我们母子三人共同立下的小小志愿，我们希望能推动整个社会对于多动症的认识，让更多人愿意看见特殊儿童的美善。

当然，适逢周末或假期，我也必定带着孩子四处玩耍，排除写功课的时间，其余时间统统拿来用力地快乐。那……除时间之外的时间之外的时间之外的时间呢？嗯，我当然还得照顾好属于我自己的快乐啊！

对于一个毫无上进心的人而言，我一股脑儿爱做的，尽是些无产值、纯粹讨好心情的小屁事。于是一有空闲，我就忙着看电影或做点导致肥胖的桌上好料；偶尔发狂似的追赶阿兰·德波顿系列书籍，连着几天几夜一边拍案叫绝一边放声大笑；偶尔热衷于研究霍金的新"灰洞理论"，一旦着迷，便魂不附体。人生中也少不了神经兮兮的时刻，好比大半夜爆发的"急性不弹尤克里里会死症候群"，这急症一来，非得弹上几个小时方休；或时有灵感来袭，突然对大提琴或电吉他的制作过程产生莫名的好奇，于是花上大把时间寻遍国外网站收集数据。还有那么一阵子，米米不甘迷路专美于前，开始拿起画笔，画得忘情，画得忘了时间，也忘了自己画得有多丑，严重时还忘了自己早已是个没有条件追梦的老姨。

对啊！就是这么无厘头的个性，导致第二本书的进度硬生生延宕了半年以上，朋友都说我是"资深过动儿"或"好奇老宝宝"，对于那样的评论，我连一点反驳的余地都没有。

不过这样一个不负责任的痞子作者，终究是在眼花缭乱的日子里完成了第二本书，这实在很感谢圆神出版社的伙伴们愿意拿出大量的包容心与耐性。当然也要感谢迷粉们对本书的热情催生，我最常收到的信息就是"米米，什么时候出第二本书？"，以及"米米，上一本书我看了好多遍，翻到书皮都皱了"。亲爱的迷粉，你们对于"外星妈妈饲养外星宝宝秘技"的好奇与关切,老木统统收到了,也统统记录于本书之中了。

最后,衷心感谢猫咪婆婆和老山羊公公无额度上限的付出,这一对老夫妻同时得料理三个多动症孩子,迷路、暴走,还有米米,那可真不是件容易的事啊!

就算你们的女儿已届中年,视力迈入轻度老花的境地,脸上的胶原蛋白也逐渐流失中,但是只要赖在你们的膀臂里,我始终可以放肆地当个不成熟的混球屁孩。如果有人说我很爱你们,那也是因为你们先那么地那么地爱着我,你们的爱,就是我人生中最温柔也是最强大的支持。也是因为你们,迷路和暴走才有幸成了天底下最幸福的小孩。

谢谢猫咪婆婆和老山羊公公,是你们以横跨四代的爱,教会了儿孙们"如何爱"。

叩恩了!我亲爱的爸爸妈妈!

米米

2015 年 10 月 30 日

Contents

感谢在前面　002
人物登场　008

Part 1　妈妈，甜蜜的功课

靠舌头写下的家族故事　013
吵架的代价是满脸口水　018
屁孩是野生动物，你是驯兽师　022
害怕所以乖，那可不是正港的[①]乖　028
我是我　036
你是你　040
暴走弟弟是谐星　044
放手去爱，信仰你的信仰　048
画不出来的梦　054
阔少　064
人生像本书，失败只是书里的标点符号　068
关于肚脐的哲学思考　072
迷路是个带路高手　076
99% 的管教，1% 的身教　080
赢在起跑点的妈宝输在几步之后　086
做温柔的感应灯，不做动辄得咎的警报器　090
上帝要我牵一只蜗牛去散步　094
不让 3C 绑架孩子的快乐　100
白日梦像一场场小旅行　106
孩子是爸妈永远写不完的功课　112
老师是童年的暖暖包　120

---

① "正港的"- 词为闽南语，意为地道的、纯正的、正宗的。

目录

路，是迷路自己走出来的　124
才艺总在快乐的土壤里开花　130
把数字讲成故事　136
当个一流的钻石鉴定师　140
因为你先爱上阅读　144
神奇的魔法咒语　148

Part 2 迷路，那就游戏吧

小豆子大冒险　155
厕所里的闯关游戏　159
我家就是宝藏帝国　163
放学途中的城市探险　167
处罚也可以变成游戏　171
下厨是最好吃的游戏　175
除了黄色小鸭之外的泡澡玩具　179
废物利用好好玩！　183
睡前的故事接龙　187
找字游戏跟找沃利一样好玩　191
地铁上的观察游戏　195
引爆想象力的涂鸦接龙　199
找到灵魂里的宝藏　203
收集知识　207
打招呼游戏　211

感动在后面　217

人物登场

Part 1
妈妈，甜蜜的功课

谁叫大人只能看见一顶帽子，小王子却看到一条蛇吞了大象？
没错，大人是凡人，孩子是大师，大师不在深山里，大师就在你怀里。

靠舌头写下的
家族故事

咱们一家的刁钻舌头都是传承几代的练家子①了。

有一半的源头来自米米的奶奶,也就是迷路上了天堂的太婆。

从前奶奶伺候爷爷的日常饮食,老爷子的臭脾气可不好按捺,他是个专吃好、专吃精的大宅门主子,要求食材要鲜,手艺要巧,口味层次要到位。

虽然早在爸妈相识之前爷爷就过世了,孙辈无缘见上一面,不过我们依然以当年大户人家的手艺规格,有幸让奶奶这么好生喂养着。最难忘的就是福州海鲜米粉、白米熏鸡、鸡肉上汤挂面、糖醋老油条腰花,以及早餐最爱的酱油酒糖

---
① 练家子,原意为习武之人,形容一个人拥有超出普通人的技能。

香煎荷包蛋了。

我们还有另一半的血液，传承自外公。

外公是个精通浙江料理的大厨，后来又研习了西餐与西点，曾在国外的豪华邮轮上担任主厨，游历四海。在那个封闭又保守的年代里，能有个爱穿毛呢翻领大衣、偶尔还来上几句洋文的帅气外公，说实话，还挺拉风的。

记忆里小时候总是很期待外公下船，每回外公归来，我和弟弟就急着翻开那几个带着老牛皮味儿的旧皮箱。

箱子里可好掏宝了！好多稀罕难见的洋玩意儿啊！

印象里见过成套成套画工精致的骨瓷杯盘、缀着蕾丝边的阳伞，以及当年在台湾想见也见不着的流线型随身听，还有专为我弟弟（迷路九九）买的稀奇货——会冒蒸汽的轨道小火车。外公漂洋过海带回来的那些舶来品里自然也少不了洋食。上世纪七十年代，我们的零食不是乖乖也不是虾味先，有时是包裹着威士忌糖心的巧克力和各式各样的奶酪，有时是日本的昆布糖、东南亚的椰肉饼干、美国的水果蛋糕和综合坚果……

多年后外公累了，靠了岸，成为不少风云人物的私家御厨，那手艺里有一部分是老东方的精髓，有一部分是奇妙的异国情调，那味道里揉合着乡愁，也有着新滋味。说来也奇怪，后来无论外公离世多少年，一道道带有外公味道的美食早就镶嵌成某种饮食的轨迹，上海呛蟹、清蒸野生黄鱼、葱烤鲫鱼、盐腌泥螺，还有甜蜜蜜的美式脆皮苹果派，尽管吃不到了，却也忘不了，偶尔追寻类似的，也仅能扼腕于类似了。

三十多年前，在那个资源贫瘠的年代，特别是一个离富裕很遥远的公教人员家庭里，我和弟弟仍以一种与众不同的姿态长大，味觉里有南北合，有东西汇，像是基因里撰载了一部关于"味道"的章回故事。如果说马尔克斯的《百年孤独》是史上出场人物最多的小说，那我灵魂里的这部"百年吃货"，肯定是出场菜色最多的一部，算得上美食界的魔幻写实代表了。科学家证实了基因记忆这档子事，要不相信都不行，我们的祖辈没落了家世，却没落不了味蕾的记忆，瞧瞧咱们家迷路和暴走不也都在如此幼龄之年便迷上了烹烹小鲜呢！

对我们一家人来说，食物就是人生中黏稠度最高的记忆，味道最容易引发泛滥成灾的乡愁。说到米米的原乡, 在哪儿?

我的原乡啊, 就在我来不及下车就过站的童年里了, 靠着这份美好的黏稠度, 我们代代相传了些许好滋味, 从阿祖辈、祖辈、父母辈来到我们这里, 一路累积了多少美食, 然后留给了迷路和暴走的, 是懂得吃也懂得动手的富裕心灵。

吵架的代价是满脸口水

大家都知道迷路哥和暴走弟的手足好感情可遇不可求，不过黏兮兮的小兄弟意见不合在所难免，三天两头仍得小吵小闹一番，好在他们遗传了老木的洞洞脑，记忆力差又容易闪神，总是三分钟不到又忘了刚刚在吵什么，但是偶尔吵过了头，惹到母老虎老木，那一样是要受罚的。

一开始面对两个孩子的争吵，米米也倍感心烦，试过从中调停，企图找出错误较多的一方然后予以训斥。但可想而知，两个孩子总是各执一词，后来我发现在这样的状况下，爸妈若把自己当成重案组刑警般抽丝剥茧，或效法陪审团进行理性判决，到头来不但纷争更大，"不公平"或"偏袒"的声音此起彼落，而且最后落得两边不是人，还被气得七窍生烟。

几经时日后老木累积出一种经验，家里若有两个以上的孩子，一旦他们发生争吵，问题不外乎是谁先谁后、你的我的，解决这样的困境，第一个步骤就是让孩子知道吵架是无济于事的，不但游戏会被终止，玩具会被没收，到最后谁也得不到好处不说，还会面临惩罚。

在我们家，吵架的代价就是"拥抱彼此并亲吻五百下"。

因为孩子们了解米米固守原则的个性，倘若他们不完成当下的"刑责"，就绝无恢复权利的可能。于是，好笑的画面来了！

"哎哟！你口水很多很湿哎！"

"吼！你抱太紧了啦！"

"你不要挣扎啦，快点亲完才能继续玩啦！"

"快快快……终于亲一百下了，我头好昏……"

"米——米——葛格[①]不是我的菜啦！"

[①] "葛格"为"哥哥"的代称，下文"底迪"为"弟弟"的代称。

"米——米——我们已经亲两百下了，好痛苦喔，可以放过我们了吗？我们下次一定不吵了！"

看着他们两人在沙发椅上扭来扭去，外加满脸牵丝的口水勾芡，米米心情甚好！这样历经了几次酷刑后，我发现他们逐渐理出彼此都认同的顺序与规则，偶尔你会听到哥哥说："我先去洗澡，你先玩，等我洗完要换我喔！"

偶尔则是弟弟对哥哥说："纸黏土我已经分成两半了，给你检查有没有一样大？你 OK 才开始玩！"

所以爸妈不当仲裁者才是上策，孩子世界里的问题，就丢给孩子自己解决吧！

屁孩是野生动物，你是驯兽师

"如果小孩在地铁上或其他公共场合大哭大闹怎么办？"这是一个令许多父母头疼不已的问题。

首先，如果是婴儿期的孩子，唯有为人父母方知这个阶段的孩童难以驾驭，让父母难堪也是家常便饭，毕竟他们幼小到尚无法听懂人类的语言。因此在迷路与暴走一岁之前，我采取的是"排除法"，事前先排除一切造成婴儿不舒服的可能性，然后才带他们出门。一旦决定出门，我有一套固定的程序：先睡饱，再喂饱，换好尿布，带个会发光的玩具（婴儿期的孩子非常着迷于发光物，一旦发现孩子情绪上起了波折，立即把玩具塞给他们以分散注意力）。最重要的是确定他们当下身体没有任何不舒服的状况，完成了这一套前置作业方才出门，以降低孩子因任何需求未被满足而哭闹的可能。

一岁以后的孩子其实就逐渐听得懂指令了，在人类语言与情绪方面，也建构了最基本的认知。一旦来到理解"可以"或"不可以"的幼儿阶段，爸妈就应该拿出原则了，这个时期的孩子其实跟野生动物没两样，他们听得懂规则，却也尝试着违背规则，日日都在冲撞爸妈耐性的底线。越是如此，你就越该拿出驯兽师的本领。

驯兽师的能耐不在鞭打，而在于诱惑与鼓励。

大概从孩子一岁起，我在家里就开始对他们进行洗脑，告诉他们："如果想出门玩耍，那就要一路都乖乖的才带你走喔！"这样的观念建立绝对不是说个两三次就能完成的任务，你得不停地说、天天说，并且需要重大诱因，我经常会通过运用各种信息，让孩子知道花花世界的可爱之处，找出动物园的照片、玩具卖场的照片、购物中心的照片或餐厅的照片，利用照片诱发他们对于出游的渴望，让他们知道，走出这房子大门之后的花花世界精彩可期！

"这些地方好好玩啊！不过，你得守规矩、得乖巧、不吵闹，才能去喔！"我总跟孩子这么念叨。

我常常觉得爸妈是孩子人生里的导游，当导游带着一群对陌生文化不理解的观光客旅游之前，势必得耳提面命一番，孩子初来乍到，造访这个对他们而言既陌生又新鲜的世界，难免会误触大人世界的规范。这个时候，平日的训练就犹如行前教育，左右着儿童外出行为的关键。

历经几个月的"行前教育"之后，一方面我已经有计划地完成了对于"外出是一件美好的事"的铺陈工作；另一方面，孩子经过一段时间的洗脑之后也清楚了"在外面如果没有乖乖的，下次就不能出去玩了"的游戏规则。这个时候，爸妈就可以大胆地尝试带孩子坐地铁或出入公共场所了。

在尝试的过程中，万一仍旧发生失控状况，爸妈应该立即带孩子离开现场，千万别因为贪图不浪费时间而影响他人的情绪。在公共场所，人人都有享受安静的权利。正如暴走底迪在一岁两个月的某一天里，我带着他坐地铁，在地铁上他突然哭闹了起来，我马上选择在下一站停靠时带着他走出车厢，然后在站台上找个角落，打开手机里预存的土地银行博物馆照片给他看："底迪你看你看，这个恐龙好帅啊！你想去吗？"

底迪眼泪汪汪地点点头。

我说:"我们要坐上车车才能去,但是因为你哭闹,我们就没办法坐车车了,只好回家了耶,怎么办啊?米米跟葛格也好想去喔!"

当时底迪还不会说话,但是看得出经过我一番解释后,他开始思考了。

"那我们先回家好了,等下次你心情好一点再带你去,好吗?"我说。

底迪摇摇头,再度撇嘴大哭了起来。

我继续问:"那……还是你今天就很想去看大大的恐龙骨头?"

底迪点点头。

"真的啊!可是你总哭,心情不好耶,还是你决定现在不哭了?你如果不哭,我们才能上车车喔!"我说。

我继续翻开手机里的精彩照片:"哇!你们看这个恐龙蛋蛋好大啊!真酷!"运用了超强的演技,我成功地激起了孩子想抵达目的地的渴望。

接着底迪把眼泪擦干,收了声,拉拉我的衣角,指了指地铁轨道,意思是说:"我不哭了,我准备好上车了。"然后,我们从出发直到回家,一路上底迪都很乖巧,表现得可圈可点,到家之后我以宣告式的口吻大声鼓励:"底迪今天太棒了,在外面好乖啊!所以我决定下次要带底迪去更好玩的地方喔!"除了口头上的鼓励,偶尔还会附上可爱的小小奖品。

透过掌声,懵懵懂懂的底迪渐渐理解了在公共场合应有的礼貌,两三次之后就完全适应了外出礼仪,你问我为什么这么快?难道是因为底迪天生是个乖孩子吗?喔,No!底迪是出了名的小番子。其实说来说去仍是原则问题,"不遵守规则,马上回家",这点爸妈一定得在一开始就坚守,而且前置的"行前教育"很重要,一切收获都是要付出代价的。在家里,规范说明得越清楚,孩子出门后面对"实务操作"时,就越能恰如其分地感受。

到头来,底迪的"野生动物外出礼仪"训练得太完善,我甚至一度斜着眼抱怨:"在家如果像在外面这么乖就好了!切!"

这是暴走底迪八个月大时与婆婆出游时的照片。婆婆在耳边不断地告诉他:"你看你看!外面好好玩喔,如果你每次都这么乖,那我们就可以常常出来玩喔!"可别以为孩子不懂,其实他们把你的字字句句都听到心里去了。

害怕所以乖，
那可不是正港的乖

纠正孩子的目的，在于让他们理解当下的行为是不对的，重点在于"理解"，而不在于"恐惧"。

许多思想老派的父母都认为"打最快！"，"打了马上听话！"。但事实证明，打到了最后，往往会陷入"连打都打不听话"的僵局。

这又是为什么呢？

当然会有这样的结果。其实许多时候孩子连为什么被打都搞不清楚，因此再犯的概率自然也很高。而且"打孩子"的后遗症远比你想的更严重，父母在打孩子的过程中，无疑也提供了"暴力最快捷"的错误观念。未来，孩子将会依照父母对待他的模式去对待别人，一旦别人不服从他的要求、不采纳他的意见，孩子便极有可能采取动手解决问题的方式，毕竟，这是你教会他的。

孩子对于世界的认知是有限的，这点你一定得明白。

我也有过气急攻心、狠打孩子屁股的经验，但我发现孩子乖了没两天又故态复萌。这有两种可能性，一种是爸妈一旦被坏情绪主导，就丧失了理性说明的能力，所以在当下，孩子把百分之百的感官注意力用来面对你的火药味，却失去了感受事情本身对错的机会。另一种可能则是出于挑战权威的心态，你越是不准，我越要试试，自古以来叛逆便是人类的天性，孩子有这样的反应很正常啊！所以"有效的纠正"便是一个大课题，这时候创意真的很重要，我们实在不必再搞古代那套"打在儿身，痛在娘心"的八点档悲情剧目了。许多亲子关系之所以搞得那么乌烟瘴气，多半是因为爸妈没有针对孩子的心理状态规划一套属于你们之间的沟通模式。

在孩子犯错时，使用"对的语言"才能事半功倍。所谓对的语言，指的是"儿童的语言"或"青少年的语言"。你我都清楚，一个可以打动人心、能有效刺激消费欲望，进而让消费者买单的广告，多半是使用了正确的"客户语言"。

而且多半只有够感人或够幽默的广告，才能停留在消费者的灵魂里成为经典。在亲子沟通的领域里，营销学一样重要，我们必须让孩子打从内心理解这件事是不对的，并了解究竟错在了哪里。

所以父母得拿捏出一套正确的"客户语言"，而你的客户就是孩子。倘若你想让孩子接受某一个概念，那么这个概念便是你的"产品"。江湖上有句老话，"没有卖不掉的产品，只有不会卖的销售员"。大人很容易陷入一种阶级或辈分的框架，认为我是妈妈或爸爸，而你只是孩子，孩子就该是有耳无嘴，倘若他们没有在第一时间服从，那"不乖"的罪刑就定案了，而不乖的代价就是接受责打。

事实上，责打是最低阶的做法，人们总是要求孩子必须不断地进步，却忘了父母们也该随着时代更新自己的观念。

以我自身的成长经验来说，当父母或老师只是一味地斥责，而没有让我真实体会"正确"与"不正确"之间的差异性时，只会引发我内心加倍的叛逆，尔后越来越不听话，搞不好还会为了唱反调而故意屡犯。

孩子通常都是从大人指出错误的那一刻起，才知道"大人不喜欢我这么做"，但是当大人总是左一句"不行"右一句"不可以"，久而久之，不论你提出纠正的态度有多肃杀，孩子都极有可能认为那只是你常态性的大惊小怪罢了。因此自从我有了孩子之后，就决定用孩子可以听懂的方式说着孩子的话，唯有深入浅出地让他们了解事情的严重性，才能事半功倍。

举例来说，有一天暴走底迪的手被厕所门夹到了，痛得哇哇大哭。这时迷路说："你很娘炮耶，哭那么大声干吗啊！"

在那一瞬间，这句话引发了我脑内小宇宙的大爆发。当下必须马上找出让迷路认错的方法，我大可选择当一个传统的妈妈，怒斥："你干吗乱说那种不该说的话？你从哪里学来的这种骂人的话？弟弟都夹到手了，你怎么一点同情心都没有？他都已经那么痛了！他是你弟耶！！！"

不过下一秒，我选择用另一种方式来面对。

我心平气和地对迷路说："来，现在你告诉我，你愿不愿意把手放在这里（指着门框），我请底迪用刚刚的力道狠狠地把门关起来,把你的手夹住,好吗?"

迷路说:"我为什么要把手放进去?我又不是笨蛋!"

我问:"咦?你不要的原因是……"接着,迷路沉默了,不发一语。

我说:"因为你也怕痛,你也知道这样会很痛,对不对?假设,下次你遇到一样的疼痛,你希望别人认为你反应出疼痛是一种娘炮的表现吗?"迷路摇摇头。

接着我又说:"你可不可以告诉米米,你说的'娘炮'是什么意思啊?"迷路说:"嗯……就是很像女生的意思,因为底迪像女生一样爱哭。"我问他:"那……你觉得老天爷只给了女生泪腺吗?还是男生、女生都有?"他说:"吼!当然是所有人都有泪腺啦。"

"那你为什么觉得男生有泪腺却不该分泌眼泪呢?我想听听看你的说法。"我问。

他又沉默了。

我说:"你觉得像女生是一种坏事吗?呜……米米要伤心了,因为米米也是女生耶!"迷路说:"我才没有觉得像女生不好哩,那只是一句随便骂人的话而已啦!学校里大家都这么说的。"

"可是你说了这两个字,底迪和米米心里都不好受耶,一方面是因为你没有感受到底迪的痛痛,而你明知道底迪最在意你的看法,所以底迪好伤心。另一方面,米米觉得这样的用语对女生或男生都不友善,这让米米很难过。"我说。

迷路"嗯"了一声,接着,走过去抱着仍在啜泣的底迪:"好啦,葛格看看,葛格帮你拿药药好不好?"

获得了葛格的同情心之后,底迪躺在葛格怀里哭得更大声了,一半是委屈,一半是撒娇,然后葛格开始使出浑身解数逗他开心,转移他的注意力。

通过观察迷路在这个过程中的行为语言,我确定适当的引导奏效,迷路愿意去感受底迪当下的疼痛了。

对于管教,我们长期处在误解的状态下,其实"斥责"

只是情绪带动的，靠情绪主导是成不了事的，唯有"引导"孩子"思考"错误的行为，才能做到真正的教导。人人都知道"养不教父之过，教不严师之惰"，但是"严格"两个字却常常被曲解。在传统的观念里，似乎对孩子越凶，就越容易博得好母亲或好父亲的名声。在高举打骂的教育里，你的孩子只会因恐惧而服从，而不是经由自行思考后获得正确的结论。其实在这种教育模式下所养成的人格特质是具有高度风险的，因为这除了构成一定程度的亲子疏离外，孩子还容易养成有事不告诉你的坏习惯，严重者，孩子甚至一旦脱离父母约束的范围，就变成了失控的脱缰野马。

通过引导，让孩子养成独立思考的习惯才是王道，正确的判断力一旦养成，他们才具备了随心所欲不逾矩的能力。身为父母，我们应当时时关注孩子是否走在正确的路途上，万一犯错，必须靠着生动、容易理解的亲子沟通完成将他们引导回正途的任务。"威权吓阻"只是一时的，毕竟我们要阻止的不仅仅是当下的错误，况且我们也不可能分分秒秒守在孩子身旁啊！

小朋友一定有不乖的时候，小一点的时候是被罚站、被勒令暂停。上了小学之后，通常是跳绳或取消每周固定的三十分钟玩平板电脑的时间作为处罚。说到跳绳，真是好处多多！通过跳绳，罚也罚到了，刺激左右脑平衡的功效也达成了。

我是我

或许因为迷路天生就是个淡定哥,又或许这是所有孩子的特质,对于大人关注的事,他是毫不在意的,特别是名利与物质方面的事。

有几次我看到他身旁的同学用着很好的手机,回头看了看他那个用了三年的破破烂烂的299元手机,不但屏幕破了,而且什么高级功能也没有。

我问他会不会羡慕同学,迷路说:"屏幕破了,电话还是可以打啊,而且我一个月打不了几次电话。"

"那……你同学都用很好的手机,有人有4G网络,有人下载了一堆游戏,你的电话不但什么高级功能都没有,还破成这样,别人会不会觉得你过得很糟?"我问。

迷路说:"我自己知道自己过得很好就好了。"

原来老木多虑了，孩子的世界很单纯，关于虚荣心这种产物，大概是成年世界里才有的罣碍。

曾经不止一个记者问过他："会不会在意自己粉丝团的人数？"迷路说："呃……呃……（想很久）……呃……（继续想）……呃……可是我比较在意食物。"言下之意是，粉丝人数又不能吃（这应该是一种胖子的角度）。

接着，记者问他："那你知不知道自己是一个很红的小学生？红的感觉如何？"迷路说："……大概吧，可是……这需要有什么感觉呢？"米米很确定他在看卡通、拼乐高或跟底迪玩耍的时候是非常有感觉的。

记者又问："那你成名后有没有变得骄傲？"迷路斜眼看他："我是小孩子，又不是大人，你问的问题好奇怪喔！"言下之意是，只有大人才会因为世俗的眼光而忘了自己真实的样貌了。

还有人问："你接下来还有什么创作计划吗？"他狐疑了三十秒，说："小孩子是没有计划的。"

迷路似乎觉得大人很麻烦，都还没想到该如何把今天过得精彩绝伦，却想到明天、后天以及遥不可及的未来了！

这次发生贴图抄袭事件之后，我一度花了许多时间与他沟通，希望深入了解他的看法与感受。岂料他只是淡淡地说了一句："那些大人，很弱。"

这样的回复没有愤怒，没有伤心，我只看到一个孩子以短短几个字证明他强大而又自在的内心，以及"我是我，谁也当不了我"的霸气。

你是你

"我们家有三百多组乐高,你家一定没有!"某个小朋友这么对迷路说。迷路说:"喔。"

事后我问他,怎么就只这么"喔"了一声?迷路说:"他有三百组乐高,只能拼出三百组,我虽然只有一组乐高,但是我可以拼出三千种不一样的东西。"

米米向来十分好奇孩子的一言一行,当时他没有把这番话告诉那个小朋友的原因为何,引发了我向下探索的欲望。我一度以为迷路会说:"我懒得说那么多话。"毕竟这是他的招牌名言。不料他却告诉我:"我不需要让他了解我,那个人对我来说又不重要。"这话令人醍醐灌顶。

迷路厉害的地方并非"乐高高手",而是那份大智若愚与不盲从的气质,他明明很清楚自己的强项,却做了不争辩的选择。

所以啊，我总是喜爱跟孩子在一起，他们跟我们不同，他们保有一份来自宇宙的大智慧，童言童语之间藏着好多禅机，父母能获得的，岂止逗趣与快乐？透过孩子剔透的灵魂，往往让大人看见自己的愚昧。

是啊！我们又何必在意别人的看法呢？又何须落入比较的情绪里呢？

又有一次，某个孩子对他说："我妈妈开奔驰，你妈妈开什么车？"迷路说："我妈妈不开车。"对方童言童语地说："那你们家很穷吗？"迷路歪着头，着实认真地想了一下，然后回答："呃……其实我也不知道我们家穷不穷耶。不过我知道我什么都不缺，而且你妈妈开奔驰把你送到这里，我妈妈坐地铁也把我送到这里了。"

对于这位淡定的大哥而言，他天生不羡慕也不嫉妒的特质不靠修行，那是一份老天爷送给多动症注意力不集中主导型孩子的厚礼。

在他们心里，你有你的形状，我有我的形状。我快乐，我不缺什么，你可以不懂我的快乐，反正我不在意，因为那不影响我的快乐！

两个多动症小儿平时不论是上课还是写作业，总是很难专注，不过一旦面对自己喜欢的事，那表现可是大大不同。好比玩乐高的时候，他们可以四个小时一动也不动，九岁时就独力完成适合十七岁以上年龄玩的两万片乐高组，专注程度好比陷入入定状态的大师。

暴走弟弟是谐星

一开始，人们总是热情邀约："晚上一起唱歌吧！偶尔放松一下没关系啦！"被米米三番两次拒绝之后，他们只好把我列入"没有自由的悲惨人生"黑名单之中。

有朋友说："难道生了孩子之后就得这么牺牲自我？这太恐怖了！"也有些朋友说："当妈妈太悲情了，简直比坐牢还惨，牢里的囚犯起码还有个放风时间吧！"老天，我想说的是……其实，事实的真相才不是人们所想象的那样哩！

从前下班后拼了命地找乐子，那多半是因为生活里缺乏乐子，但有了孩子以后，日子完全不同了。还能有什么比跟小朋友相处更有趣的事呢？

当然，关于这种论调，即便口才如何好，那些未婚者也只会回你一种千百个不相信的斜眼了。可是我说的都是真的啊！小朋友实在是太有趣了！

相较于迷路字字禅机的深度幽默，暴走底迪则呈现了另一种谐趣风格。他是天生的谐星，总是不经意地滑稽可笑，搭配上那萌萌的臭奶呆的声线与百变无敌的表情，米米只好从此堕入宅宅人生，每晚都巴不得快点下班回家，其他哪儿也不想去！

如底迪这般年纪的小屁孩，正是不停吸收新词汇的阶段，至于他到底懂不懂那些新词的真正的含义，那就得碰运气了！

有一次，底迪看到路旁好几个老奶奶正在聊天，他踮着脚，示意要我低头。他在我耳畔小小声地问："米米，为什么女生老了以后ㄅㄚˇㄅㄨ会脱臼？"

又有一次，底迪很不乖，被我禁用平板电脑三次，其实他们每周只能玩一次平板电脑，所以三次就等于得足足熬上三周时间。一听到这个噩耗，底迪像受了什么身心创伤似的，狠狠地往床上一趴，然后回过头哀怨地说："喔！你害我的心情复杂性骨折了……"

还有一天，底迪很迷惑地问我："米米，为什么老师觉得我长大会变成爬虫类？""啊？"我一头雾水。接着他告诉我"老师说，你好能干喔，长大一定会变成蜥蜴喔(CEO)！"

隔了几个月，暴走底迪逛书店的时候发现货架上的日本女星写真集，他对大人的世界甚是不解："为什么那个女生可以光屁屁在路上乱走，我在家光屁屁就会被婆婆念叨？而且她光屁屁的书还要付钱钱买，我光屁屁是免费的耶！"

直到前几天，已经六岁的底迪很严肃地问我："米米，葛格说我是他去流浪动物之家领养回来的，这是真的吗？"老木我故作眉头深锁状："唉……事到如今……"底迪恍然大悟："难怪！我每次都要跟宝瓜（注：宝瓜是我们家领养的法国斗牛犬）一样打预防针！吼！"

所以说啊，为了不错过这些欢乐，米米就这样逐渐变成一个心甘情愿在家发霉的宅女了。

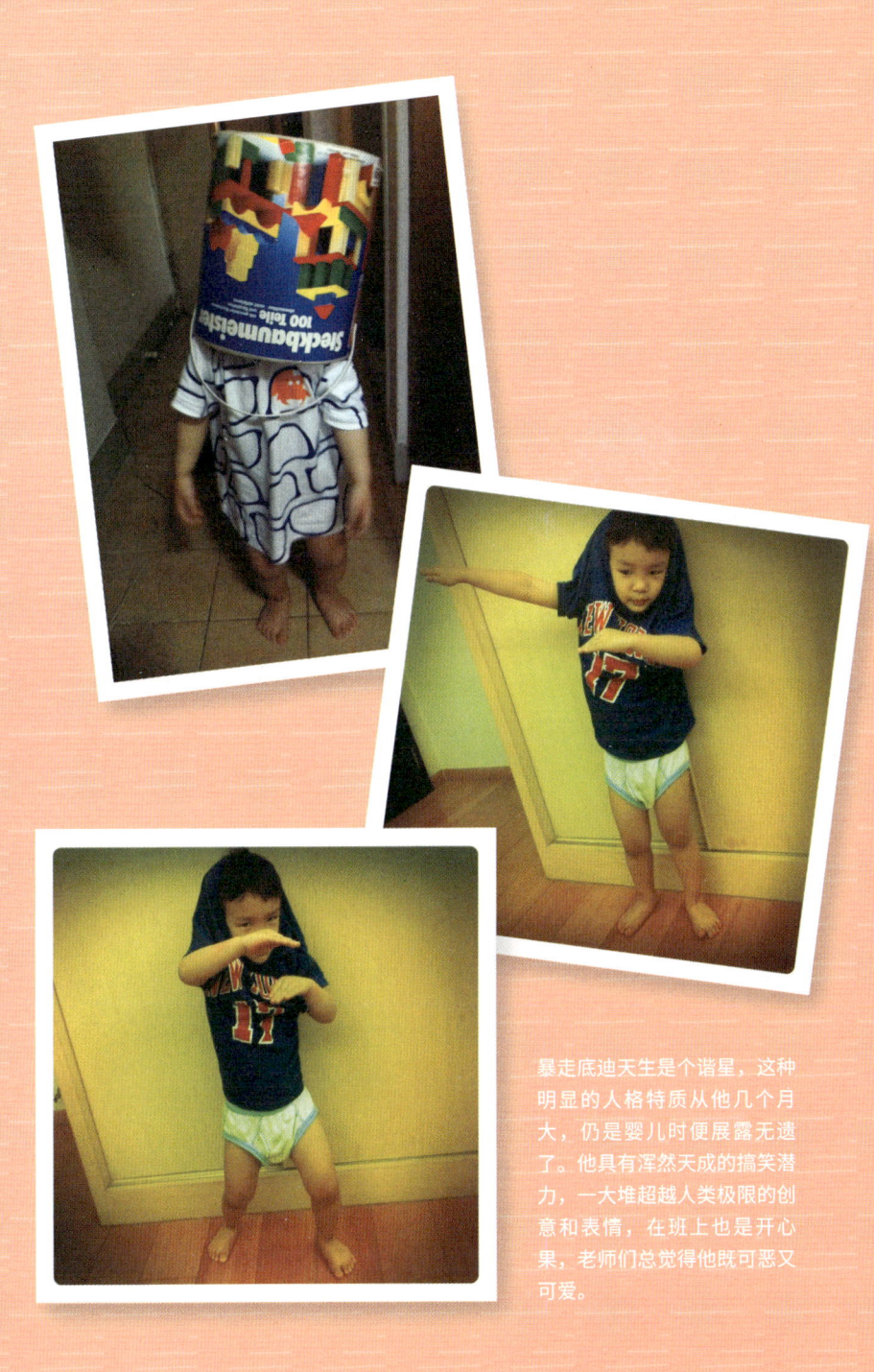

暴走底迪天生是个谐星,这种明显的人格特质从他几个月大,仍是婴儿时便展露无遗了。他具有浑然天成的搞笑潜力,一大堆超越人类极限的创意和表情,在班上也是开心果,老师们总觉得他既可恶又可爱。

放手去爱，
信仰你的信仰

我们一家人都爱吃，对于食物的热情胜过世间的一切。从祖辈开始，代代钻研美食，所以后来迷路的公公和婆婆先后开了两家餐厅，店里总是人声鼎沸。直至如今我们一家还是爱吃，以一种近乎做学问的态度看待食材与烹饪之间的奥妙。那靠着的，就是一份对食物死心塌地的信仰。

还有一个关于我另一位亲人的故事。

我有个表姊，从小对表演就深具热情，我家相簿里有一张她小学时参加京剧演出的照片，几十年过去了，我妈妈每次翻阅那张泛黄的照片，都忍不住满脸骄傲："那天的妆是舅妈我帮她化的呢，这孩子上了舞台真是有大将之风！"

还记得表姊上高中的时候，常常对着仍是懵懂的小学生的我说："我以后要当模特儿。我不但要当模特儿，而且还要扭转台湾人对模特儿的负面看法，让台湾模特儿站上国际舞台。"

是的，在那个民智未开的年代里，人们对于模特儿的看法毁大于誉。岁月飞快，姊姊的话言犹在耳，时光也从上世纪八十年代来到此刻，这期间她未曾有一刻放弃梦想，结果表姊后来不但圆了梦，走上了伸展T台，还成了两岸三地最具权威的时尚教母。她不仅带着台湾名模走上国际舞台，还栽培了许多歌手与艺人，为台湾的模特儿生态开创了全新格局。

当年的那个小女孩就是现在伊林的创办元老陈婉若。我永远不会忘记在我们都年轻的时候，姊姊总是对我说："在一个行业里做久了，你就是老大。"淡淡的一句，字字都是执着的真情。

再说到许多年前，一方面因为在饭店的广告公关部工作，一方面也因为筹备自己的婚礼而颇有心得，于是我在网络上开了一家婚礼小物铺子。回忆当年，一天只睡两个小时仍乐此不疲，再忙也不觉得忙，再累也不觉得累，客人的订单不仅仅代表着进账而已，那还是一种让我打从心底里欢呼的自我肯定。后来，若非突如其来的家庭变故导致黯然收场，铺子肯定经营得有声有色。

过了那个阶段之后，米米决定为自己从小喜欢旅行、居住以及建筑的热情圆梦，转而投身完全陌生的房地产广告界。一脚踏入这个产业至今也十来年了，虽然入了行之后才发现事情并非那么尽如人意，不符合正义原则的诸事时时挑战内心。不过凭着对建筑的喜欢，也相信居住的本质是幸福的，我努力找到自己的风格，一步步用单纯、初心砌出一条小路，虽然不够主流也无法站上一姐位置，但是对于这份工作，我至今仍保有微热的初恋感。

话又说到这两天，我逛了从前一向三过其门而不入的银发族专卖店，当时我是为了刚动完脊椎手术的老山羊公公，才首度踏进此类感受相对模糊的店铺，没想到走了一圈却发现老人店里的东西可真有趣！马上对此着迷了起来，随即我花了许多时间细细研究，后来还将银发族住宅的概念导入了我正在服务的房地产个案里。这一切都始于对父亲的爱，一份因着真实需求进而理解的心态转变。

想到这里，甚有感想，人们总要坐上了那个位置，总要发自心底由衷地关切，才能抓得住客户的真实需求。自己必须先"有感"，借由亲身经验，换来一份扎扎实实的感受，才能把那门生意做到位。常听到创业或投资失利者的故事，那多半也就是少了"感受"这一味，只见别人有利可图，就天真地以为大把大把的钞票即将落下。好比一个一辈子没吃过印度料理的人却异想天开地开了家印度餐厅，就算餐厅风格模拟得多有那么一回事，最后端上桌的食物，必定是要遭遇滑铁卢的。

回想自己生了迷路之后，先从脑麻儿到后来的多动儿，老木本人虽然不具备任何医学或儿童教育背景，但是三折肱而成良医，发乎母性，发乎爱，我努力吸收各国、各样的相关信息，分分秒秒都是实务操作，日日夜夜都是全新尝试，就这么一路颠簸，于是我成为全世界最理解特殊儿童的老木。

人生经历许多，当了妈妈之后，我经常告诉孩子："放心做你喜欢的，大胆追求令你热血的。"人们都说把简单的事做到极致就是绝招，那么请你勇敢爱你所爱，那些日积月累的真情，日后都将成为你与众不同的燃料。

至于那些你做得不够好的事、那些曾经不看好你的人，也终将成为生命里微不足道的过场。历程里坎坷难免，但当你发光发热的那一天，所有曾经坚持的，都将成为你脚下的红地毯。

画不出来的梦

其实米米小时候也总被大人称赞是个"很会画画的小孩"。记得三岁那年的某一天，我跟着从事幼教的老妈（迷路婆婆）一起去参加儿童写生比赛。老实说，我只是去观光的，因为年龄太小，没有参赛资格。不过旁边有位老师为了打发眼下这个闲得发慌的孩子，顺手给了一张比赛用的图画纸，我也就这么开心地画了起来。

我虽然是现场年纪最小的孩子，但是当时的评审蓝荫鼎教授见了我的画作之后大为惊叹。他的评语是："超龄的观察力与不受局限的自由线条。"万万没想到这理当是嘉勉人生的一句话，却促使我的艺术生涯一步一步走向句点。这故事从何说起呢？

事实上，当年的婆婆一听到自己的孩子有天分，随即就送我去绘画才艺班，爱女心切啊！况且当时公教人员的待遇不高，不仅是费用问题，光是接送就是件劳心劳力的差事。

不过，也才上了几堂课，一场才艺班的成果发表会，一句老师的话，比想象更轻易地让我们母女俩信心尽失。

当年妈妈用心给我找了一位非常权威的儿童绘画老师，成果发表会的那一天，所有家长毕恭毕敬地排着整齐的队伍，手里拿着孩子的作品，依次等待老师的讲评。那些爸妈神情紧绷的程度比起到大牌算命仙那里批流年还有过之而无不及，每个人的脸上都写满了未知的惶惑。

终于轮到我了。老师告诉我妈："你女儿总是把人的手画得太短了，这表示她未来可能是个懒惰、依赖性强、不喜欢做事的孩子，你要加强她的勤劳观念。"

天哪！这是哪门子的画评啊？一个权威级的老师，一段晴天霹雳般的签诗。可想而知，当着一群陌生信众的面，那番话多么令一个迷信的母亲心碎啊！

我的印象好深好深。当晚，在回家的路上，在转乘了两次公交车的漫长路程里，妈妈一直责备我：为什么要把手画得那么短？花了那么多钱送你去上课，为什么不认真画画？而且老师还说你以后会很懒惰！

严格回想起来,那是我人生首度对"委屈"这两个字产生立体感受的一天,一个幼儿园年纪的孩子很难具备捍卫自己创作的能力,一路只能掉眼泪。我在心里默默叨念着好多感伤:"人家哪有不认真画?人家明明很认真!你凭什么说我长大以后会懒惰?妈妈为什么宁可相信一个陌生的臭阿北也不相信我?"

几年后上了小学,我还是特别喜爱美术课、海报制作以及作文课,绘画与文字总能让我快乐。还记得是小学三年级的时候吧,某次美术课的主题是画静物,老师准备了一串葡萄和花瓶之类的对象,我立即投入了所有情绪,专注地画好一张主角是灰色葡萄的水彩作品,放下画笔之后,我浏览了其他同学的作品,顿时自信满满。

绝无仅有地,我是班上唯一表现出光影与色彩层次感的孩子,画面安排有前有后、有主有从,别的孩子只做到了平涂与水平排列。

不过还真的没料到,老师发怒了!"你看见过灰色的葡萄吗?你这样画,我怎么给分数?为什么这么不认真?"老师生气地说。

那一刻，我终于恍然大悟，原来大人想看"很像"的东西啊！"像"才是好的，"像"才是认真，"像"才会被称赞。若要画人的手，就要有人手该有的长度比例；若要画葡萄，那葡萄就该是紫色的。作品越贴近真实才越能获得大人的肯定，如果背离了现实，分数很差不说，甚至还会动不动就被骂呢！从那一刻起，我开始追求拟真。

小女孩痛定思痛，很认真地告诉自己："既然这是我喜欢也拿手的事，那就要做到让大家肯定。"自此，我的"人肉照相机"之路展开，果真也因此获得了许多掌声。"好像啊！""好厉害啊！""好生动啊！""好用心啊！""好缤纷啊！""好丰富啊！"（图画纸画得越满、颜色越多、越花俏，就越能获得赞许，我们的教育最怕留白。）

可想而知，接着，许多人向我妈妈表达了看法："你女儿很有天分呢！要好好栽培！"

通过这一剂又一剂的强心针，小学五年级那一年，我的绘画才艺课程再度启动，这次因为更成熟了些，妈妈索性就送我到"正规画室"接受铅笔素描、水彩等专业训练。此后，我的每一个线条都力求比例上的精确，每种色彩都校准于实物之上。

于是我的大脑主动关掉想象力与创造力区块，关上了"心"之后，努力用"眼睛"作画，不再画心里所想，转而致力于描绘眼睛所见。

十四岁那年，我如愿考上自己最喜欢的美工科，水彩与素描方面在班上也一直稳居前三名。说穿了，绘画技巧如数学，其实是可以按着固定公式计算出来的，只要记熟了光影与透视的规则，加上学校日复一日的操练以及本身对绘画的热情，要画出符合大众期待的作品并非难事，后来我还屡屡被选为班级参赛代表。

正当绘画得心应手之时，人生的计划总是赶不上变化，高中才读了一学期，爸妈便要求我陪着弟弟一起到美国念书。

到了美国，因为表格上填写了"绘画专长"，于是学校替我选了高阶的美术班。第一堂课上，老师要我们创作的题目是"Dream"（梦境）。"什么？要画一个'梦'？"……当下，我的脑子一阵晕眩。"老天！搞什么鬼啊？梦要怎么画啊？""美术课难道不是画画香蕉、芭乐和花瓶之类的课程吗？"这下可惨了，我向来只能画眼睛看得到的东西啊！

绞尽脑汁之后，我暗自依照隔壁女同学的身型素描，勉为其难地描绘出一个躺在床上睡觉的女孩，牵强地呈现我那没有想法的想法与干枯的梦境。

全班都完成后，老师把作品一字排开，自那一刻起，我的艺术梦戛然而止。"哇！令人惊叹！太真实了！""噢，天呢！看看她的技术！"老外惊呆了，一个九年级的女孩，拜台湾教育所赐，具备了超强的写实技巧。再回头看看墙上同学的作品，我只听到自己内心长久遵循的价值观碎裂的声音。原来外国的孩子与我们是那么那么的不同！

他们多半没什么技巧，却拥有强烈的个人风格，他们各自表述出关于梦的想象，每幅作品都有完全独立的情绪与故事，你一眼就能看出谁的梦是快乐的，谁的梦是黑暗的，谁的梦是奇幻的，谁的梦又是荒诞或充满挣扎的。当然，我也惊见自己的梦不堪一击。

我的画，除了"像"，一无是处，没有"创造力"，没有"风格"，没有"灵魂"。别的孩子都有梦，我却只是个枯躺在床上连做梦都不会的女孩。多么残酷的领悟，像把刀子戳穿了我赖以维生的信仰。

从那天起，我放弃了画画，一方面是因为陷入了一种长此以往的忧郁，另一方面，一个十五岁的女孩，既已不具想象力，当下的技巧亦达到瓶颈，若想进一步画得更像，恐怕也是能力有限了。

当我终于知道画家与画匠的分别之后，决定刻意地让自己失去所有，想借由"放弃绘画"让自己忘掉技巧。你一定很难想象，这对于一个爱画画的人而言是场多么大的浩劫。打个比方吧，那就好比一个马拉松选手被截了肢一般。

往后的二十多年里，我再也不曾执起画笔。直到迷路四岁那一年，我陪着小小的他愉快地创作着，羡慕起他总能那么自在地画，也羡慕他拥有一个被允许随兴挥洒的环境，看他快乐得那么纯粹，我手痒了。只是我再度拾起画笔时，当年的小女孩早已不复存在，眼下是个三十六岁、百感交集的母亲，心里一度还存着侥幸，妄想着一旦技巧消失，也许就能像计算机重新格式化一样，搞不好会蜕变成一个能用感官描写线条与色彩的素人。

不过，人生终究事与愿违，我不仅画得丑怪，甚至连运笔都不会了，连孩子都忍不住大笑！那一日我学会了放下，坦然接受自己在艺术造诣上的死刑。我在幼儿园和小学的时候失去了灵魂，在高中那年又丢掉了眼睛，倾圮了技巧之后，创造力与风格依旧没有露面。

不过幸运的是，最终我仍创造了属于我的梦想、我的梦境。在画布上完成不了的，在人生里实现了。米米的伟大杰作就是这两个棒透了的孩子啊！

因为自己失去过天分，所以懂得珍惜孩子的那一份！这一路，感激两个孩子愿意用他们的小手牵大手，带着我回到虫洞里的童年，在跳越时空三十多年之后，又接续回三岁那年的我，无拘无束地挥洒着自由。有时候看着两个孩子的涂鸦，心里想着："你们大概是宇宙送给我的那平行时空里的另一个我吧？"那里的我，正开开心心地当个"很会画画的小孩"呢！

我在办公室里钉了块大白板,不是为了开会,不是为了工作,而是为了让孩子开心地涂鸦。

受邀参加"学学文创"举办的"迷路手稿展"。
看着孩子的画展,我像是做了一场不可思议的美梦。

阔少

"米米,我们家是不是很有钱?"暴走底迪这么问。

我大吃一惊:"米米是单亲妈妈,一个人赚钱养五个人,我们是能多有钱啊?"暴走底迪歪着小脑袋回答:"是喔……可是我的衣柜里有好多衣服啊!多到都快爆出来了!""原来是这样啊!"孩子真是好傻好天真,那是因为你的衣柜很小啊。

暴走底迪又说:"而且我们家的冰箱里有好多食物,好像永远也吃不完一样!"我说:"那是因为我们家的冰箱得装进六人份的食物啊(加上宝瓜),而且我们家本来就比别人家重视吃呢。""喔……所以,你本来很有钱,后来把钱钱都拿去买吃的,所以花光光了?"底迪很疑惑。我说:"这样说也没错啦!如果今天米米一个人赚钱一个人花,嘿嘿……那就挺爽快了!"

过了两分钟，底迪又跑来我身旁，瞪着骨碌骨碌的大眼睛问："但是我不相信耶，因为我有很多玩具啊！那就表示我们家很有钱啊！"

"其实，你们的玩具不算少，却也不算真的多耶，你记得上次去A君家玩的时候吗？他睡觉是一个房间，玩具又是满满的另一个房间耶！"我说。

底迪想了一下："他的玩具很多，但是都是我不想要的啊，可是我们家的玩具都是非常好玩、非常厉害的！"

噗哧！你这个傻孩子，人家A君家的玩具也都是A君觉得非常好玩、非常厉害的啊！

"还有还有，我们每年都可以捐三个扑满给育幼院，所以我们一定是很有钱的人，如果我们自己都没有钱钱了，怎么可能捐给别人啊？"底迪的表情超认真。我低头看着眼前这个一头乱七八糟卷卷毛的好奇宝宝，决定放下真实的社会逻辑。

我忘了孩子眼里的世界好简单，只要有得吃、有得穿、有得玩，就是富足；我也忘了大人的心好窄小，小孩的心好开阔，只要还有能力帮助别人，不已是绰绰有余的幸福了吗？

我把底迪抱得好紧好紧，然后掀开他的衣服，狠狠亲他的小嫩肚肚："你说对啦！我们比有钱人还富有！你是阔少啦！"他咯咯咯咯咯……痒得拼命大笑。

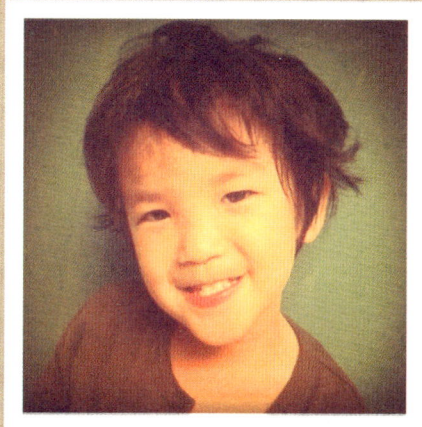
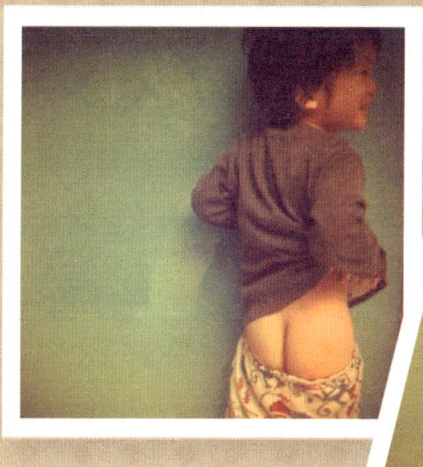

大人啊，即便拥有全世界也很难有笑容；
孩子啊，那怕只拥有一点点也能笑得好开怀。

人生像本书，失败只是书里的标点符号

  我在孩子很小的时候就训练他们洗碗。有些妈妈说："上幼儿园就洗碗，孩子也太小了吧，万一打破碗怎么办？而且这么小的孩子洗碗根本是玩水，不但洗不干净，结束之后厨房肯定还会像闹了水灾一样！"

  关于打破碗的问题，首先我们要排除太过厚重的碗盘，然后让他们从三分之一的量开始着手，随着经验积累再逐步增量。如果妈妈一直陪在身边，那即便打破碗也会是一次很好的教育机会。你可以马上教导他们如何安全收拾好碎片的方法——利用过期的报纸或重复使用的旧塑料袋小心地包扎，不但不会伤到自己，也不会割伤辛苦的清洁人员。

提到玩水这件事更好，这个时候，省水的概念一并能以一种最务实的方式传达给孩子，而不再沦为口号。至于因为小朋友的力道与身高不足，导致水流出流理台面与地面时，你还能顺便教会孩子擦干桌面与拖干地板的本领！

如果父母费尽心思，只为杜绝孩子犯错的可能性，处处避免麻烦和失败，这其实就是一种残酷的剥夺。久而久之，他们连做对事情的能力都丧失了。我向来很愿意花时间陪着孩子一同经历错与对，从生活之中学习判断力，虽然迷路和暴走目前还小，不过我深信每一种训练都会成为日后的养分，我从来不把"失误"或"不完美"当成国安机密般地锁在保险箱里。

其实"搬字过纸"是最低阶的教育方式，生活教育的层次远比课本更值得花时间，而且一个核心课题往往会因实务体现而延伸出更多议题，仿佛剥洋葱式地层层精彩。

光说"洗碗"这么一件在大人看来毫不具技术性的家务事吧，小朋友们在学习洗碗的同时，还顺带学到了打破碗时的危机处理、废物利用、以同理心对待清洁人员、节能省水、洗抹布、擦桌面、拖地和洗拖把呢！

我经常跟迷路和暴走说："人生就像一本很厚很厚的小说，'失误'就好比是书里的标点符号，少了那些标点符号，即便再精彩的故事也令人难以下咽。想象一下，如果一本书从开头的第一个字到最后一个字通通都粘在一起，那种一气呵成不但不叫完美，甚至还可说是搞砸了一本好书呢！"

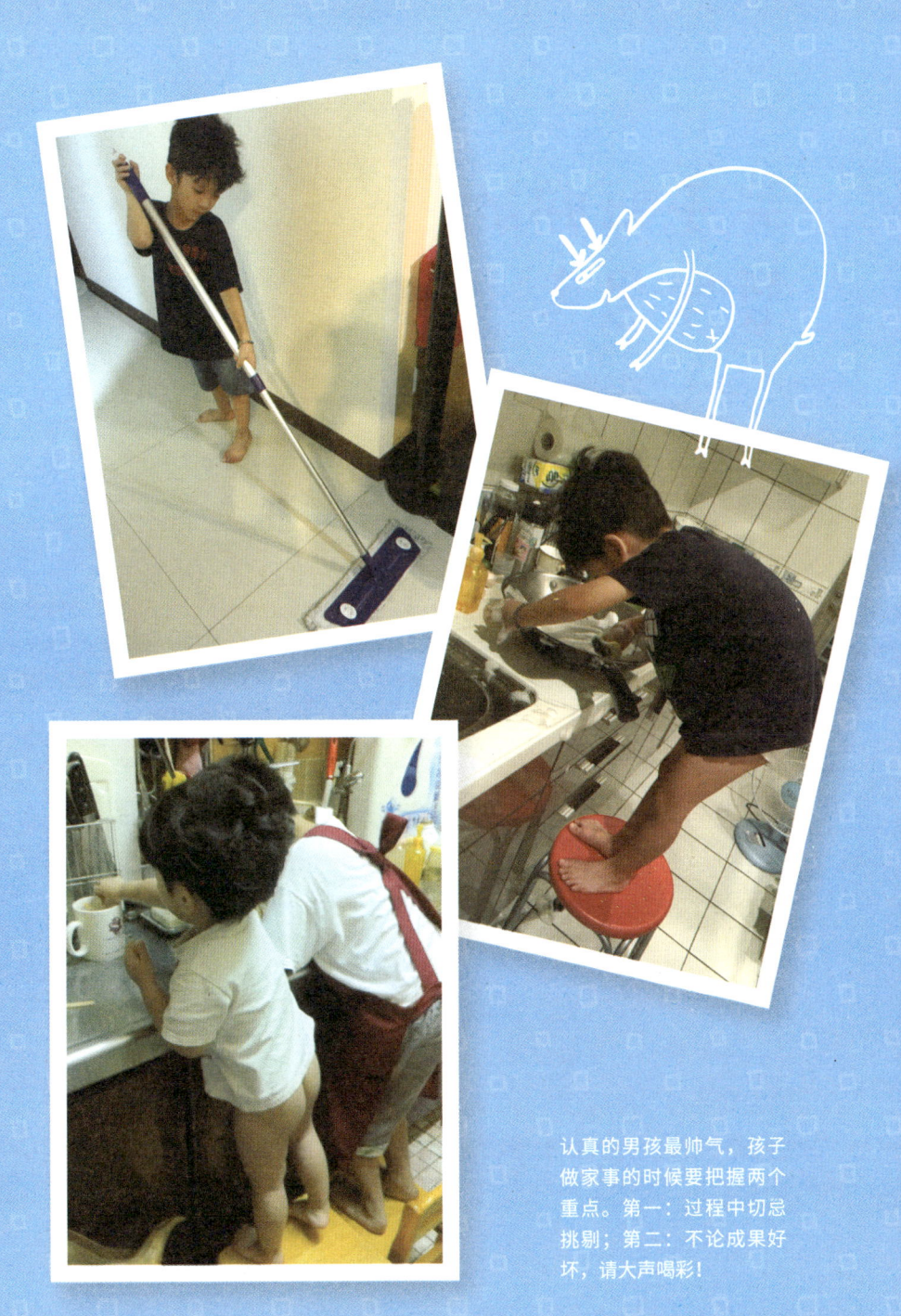

认真的男孩最帅气，孩子做家事的时候要把握两个重点。第一：过程中切忌挑剔；第二：不论成果好坏，请大声喝彩！

关于肚脐的
哲学思考

睡前,迷路摸着自己肥肥的大肚皮问:"米米,你有没有想过肚脐到底是干吗用的啊?每个身体的器官都有功能,可是肚脐好像只是站在这里没事干耶?"

妙哉!肚脐跟米米一起生活了四十几年,但米米却连一秒钟也未曾思考过它存在的理由,这样的疑问,还真是只有孩子才想得到哩!我想了想,也是啊,肚脐在人类的日常生活中好像的确没什么特殊功能。不过又一想,我发现肚脐是人类存在的关键。"肚脐像护照上的印章,盖好了章才能出关,所以是它带着人类向世界报到呢!"我说。

迷路的眼神写着着迷,很期待一探我的说法。"胎儿借由脐带连结母体获得养分,这才一点一滴成就了细胞、血液、脏器的完整,胎儿因着脐带输送养分才能顺利长大。胎儿出生之后，当医生把脐带剪断的那一刻，也象征着胎儿正式脱离母体，成为一个独立的人。"我这么解释。

迷路说："喔，所以医生是海关，脐带是护照，剪断了脐带之后留下的那个肚脐洞洞就是护照上的印章了。"我说："对啦！就是这么有趣的比喻。"

迷路说："所以，那我也可以说，'肚脐是人类在人类之前的遗迹'，证明我曾经在你的子宫里生活过，也证明我在变成人类之前曾经是个胚胎！虽然小婴儿出生之后它就没有太大作用了，可是它不只是一个洞洞而已，而是一条很重要的输送带，输送带完成任务之后就被移除了，留下了一种生命形态的遗迹！""宝贝，你好会思考，也好有文学性啊，我喜欢你这句'肚脐是人类在人类之前的遗迹'，这说法美得像现代诗！"

孩子就是这么美好而奇妙的礼物，人们总爱述说生养过程里的辛劳与牺牲，却忘了孩子带给我们的，远远超乎想象。

长久以来，我们沉溺在食之无味、弃之可惜的人间，几乎是以一种毁灭所有灵性思考的状态度日，当人们理所当然

地花上百分百的精力来关注政治、财经、娱乐界、名车、彩妆与精品，在这么庸俗而又狭隘的过程里，孩子却慷慨地提供最天真的思索方式，那么纯粹，那么滋润。

为了与这些来自宇宙的天使对话，我们才有幸拾回万物之灵引以为傲的"思考"本质，为了能说出一个足以满足孩子的答案而思考，毕竟他们的问题经常跨界，超越物质与生活层面，有时跨越物理、医学、科学、生物、自然、艺术，不时地还会来到宗教与哲学的临界点。

问答问题的过程中，为人父母者也扩充了磁盘容量，一直升级灵与智的版本，看似是我们在教孩子，其实孩子教会我们的，超乎想象。

迷路是个带路高手

之前有幸受邀在"学学文创"展出迷路的手稿，展览的主题是"寻找牧羊人"。老木理所当然地为展览撰写简介。我一度试着从自己的观点切入，写着写着，又觉得字里行间有种过于世故的酸腐。

撰写这个主题时，脑子里只剩老哏①的我，充满着对"牧羊人"与"羊群"既定的主从概念，我猜即便找来一千个不同的大人，大概也会写出类似的剧情，约莫都是"母亲是孩子的牧羊人"之类的说法，再怎么努力也挤不出其他角度的可能性。

毕竟我们一生被迫服从框架，老狗早就变不出新把戏了。

---

① 老哏，形容人不听话、我行我素、固执己见。

绞尽脑汁之后,我这个平庸之徒决定向来自宇宙的心灵大师讨个开释,若能获得醍醐灌顶岂不省力得多?于是我问迷路:"你觉得,大人跟小孩,谁是牧羊人?谁是羊群?"迷路说:"牧羊人与羊群的关系,其实不是固定的啊,是交换着的。"

"咦?这怎么说?"当下我的眉眼都开了,我很清楚,这小子定会送上一个来自星星的答案。

"有时候大人是牧羊人,保护小孩,照顾小孩,教导小孩,把小孩当小羊。

"但是更多时候,很多大人才像羊群哩!因为他们很胆小,只愿意在一个框框里待着,而且非要做跟人家一模一样的事才安心。大人很害怕与众不同,其中一人不同了,还会被骂。大人就像羊一样,谁也不想走自己的路,你挤着我,我挤着你,几百只羊挤成一坨,一直低着头,眼睛只看得到脚下那一绺草。

"可是小孩子不一样啊,我们想发现新的草原,想找更好吃的草,想去没去过的地方探险。所以小孩是牧羊人,大人才是羊咩咩!"

迷路如是说。

这就是我常说的"迷路学",迷路总是能给迷路的妈妈带路,他是我人生的卫星导航。

小迷路总有自己的观点,小孩子的灵魂站得很高,所以视野很远,他们热爱出发,每一个下一秒都是旅行。所以孩子不见得一直活在"孩子"这两个字下,迷路也不见得是坏事,那是为了看到更多风景。

在这样的依存关系里,这个名为迷路的小孩,提供给我远超过眼睛看到的话外之意,好多奥义。

99%的管教，1%的身教

在带孩子的过程中，我们往往用了99%的管教，却只做到1%的身教。特别是高举着儒家思想的台湾地区，从教育部门、学校到父母，都力行着背诵《三字经》或《弟子规》来推广孝道，近年来还盛行"为父母奉茶"与"为父母洗脚"的仪式。坦白说，无论背诵还是仪式，两者皆无助于孩子对"孝顺"的认知。

我们的社会将"孝顺"定义得过于平面与文字化了，那些两千多年前的"孝道操作手册"不过是徒增孩子学习上的负担而已，那些八股文真的能改造孩子的心灵吗？我可一点都不认同！眼见着全台湾的幼儿园以及小学生，被要求用"脑袋"背诵那些一点都不理解的文言文，却不时兴让孩子用"心"了解孝顺真实的意义，对于2～12岁的孩子，那些经学犹如藏文，口里念念有词，心里却一点都不明白。无法理解字意是其一，孩子更不能理解的还包括有别于今日的那千古之前的道德观与生活背景。依据我的观察，没有几个学校能真正做到说文解字，毕竟正规课程已经满档了，哪里还有空闲另辟课堂让孩子深入这些文言文呢？顶多就是早自习的时候杀杀时间，背个不痛不痒罢了。

曾听过一句经典名言："孟母到了现代，也不过只是个恐龙家长。"回头再一想，我们推崇了几千年的二十四孝，像割股疗亲、为亲尝粪、卧冰求鲤或恣蚊饱血……古代歌颂着的，现代不见得堪用，任何事情都有时空背景的衡量，人类文明与时俱进，孝道何尝不是？

这些古早时代的圣贤，密密麻麻撰写了一册又一册的经文来定义一项又一项的"孝顺操作说明"，几千年过去了，我们除了盲从之外，几乎忘了好好思考孝顺的真实意义了。

其实"孝顺"的意义哪里有那么难？孝顺根本很简单，孝顺就是"爱"啊！

如果你很爱你的父母，孩子经年累月看在眼里、懂在心里，日后他也会非常爱你，凡事想到爸妈，凡事体贴爸妈，这种爱，就是孝顺，这种模式，就叫作"身教"。如果你把孝顺归在"管教"的范围内，诉诸文字教条，日后，记忆力好一点的孩子顶多到了五十岁仍能把《三字经》倒背如流，而记忆力差一点的孩子，早早就把那些无法走入灵魂的老八股遗忘在脑子里某个神秘区域中了。

从小，我的家庭里就有很多很好的典范，幼时曾祖父母一直与我们同住，我们家是个四代同堂的家庭。我的奶奶非常爱她的双亲，一日三餐饮食、生活起居，将他们照顾得无微不至。尔后又见到我的爸妈也深爱着他们的父母，我的妈妈，也就是迷路的婆婆，把照顾父母的身体健康视为重责大任，当时她的父母双双患了病，可想而知对一个孝顺的孩子而言，那是多么地心焦如焚，于是在那好几年之中，妈妈总是不停地往医院跑，细腻地照护着心爱的爸妈。

我的爸爸，也就是迷路的公公，在我眼里就更是人间第一孝子了，他是我见过的全天下"最爱父母的孩子"。他照顾完我的曾祖父母之后，又接着照顾着长年失智的奶奶。

人家说"久病无孝子"，但我眼里的爸爸却打破了这个可能性，他就这么年复一年地深爱着母亲，餐餐不假他人之手，细心地把均衡的饮食打成泥状之后，一口一口喂进母亲的嘴里。他总是抱着老母亲进厕所洗澡，时时帮她清理污秽的排泄物。其实他自己也已届年迈，却经常抱着老母亲上楼下楼就医。为了照顾奶奶，爸爸好几年都不愿外出旅行，

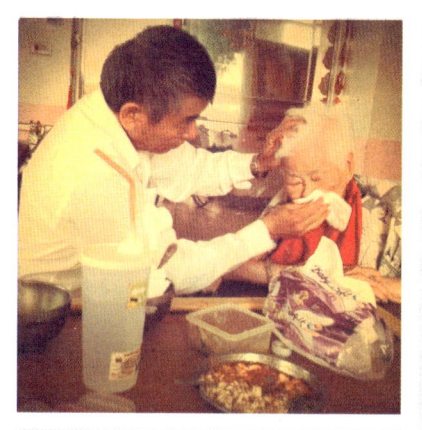

偶尔出门办事也总在两三个小时内就急奔归来。身为晚辈的我，眼里所见的榜样早就不是拘泥于教条的孝道，而是一份强大之极的爱。

从小到大，我的奶奶也好、爸妈也好，他们未曾向孩子提及任何关于"孝道"的口号，他们只是身体力行地深爱着自己的父母。我和弟弟自幼就这么看在眼里，当我们长大了，也就自然而然地认为，爱爸妈是一种天经地义的事，然后就这样一代爱着一代。

在我巡回演讲的过程中，曾有来宾提出，现今社会里家

庭结构改变，年轻一代几乎少有与父母同住的状况，因此根本无法对下一代进行身教。其实这个问题真的不是问题，就算你与父母分别居住在地球的南北两极，只要经常通过电话问候，孩子一样可以从你挂记着父母的态度与语气之中获得孝顺的经验。就算一年之中仅能与父母见上一两次面，孩子也能从你体贴的言行与深爱爸妈的神情中提炼出孝顺的含意。倘若你在生活中总是念及父母，孩子又怎么会不懂！

其实，你做的每一件事，孩子都默默看着，即便再小的事儿，也都会被写入他们的信息库中。

最重要的是，任何一本书，要是真能对人生信念产生影响，又岂须背诵？铿锵的，只要读过了就能走进心里；有涵养的，只要吃下就能在灵魂里扎根，而那些意念也将随着文字住进生命之中。正如莫泊桑的小说，影响了古往今来多少人的一生，凡是能在第一时间镶嵌入灵魂的，又何须死记呢！

前一阵子，公公的脊椎动了一个大手术，即使请了看护，我们一家大小仍是时刻相伴，连续几日都在医院里度过最美好的三代时光，有了妻儿与宝贝孙子的支持，公公身体恢复的速度惊人！

赢在起跑点的妈宝
输在几步之后

我有个工作上的合作厂商，他引以为傲的儿子是台湾地区第一学府甲组的高材生，某次却听说他太太每日必须为儿子准备几件物品上学，第一件是外套，第二件是充好电的手机，第三项是灌满水的水壶。

如果某个早晨妈妈错估了天气，没在书包里放上外套，一旦下午气温骤降儿子却没外套可穿，那孩子回家可是要发怒的。又倘若妈妈忘了将手机充满电，或是忘了将水壶放进书包，那儿子也会抱怨一整天没手机可用或无水可喝。说以上这些，他或许意在称颂其妻的贤淑，也顺便标榜高材生高高在上、灵魂不落地的优越感。

听完他的讲述，老实说我诧异极了！实务操作与独立精神才是一个能者的价值所在。而我们的社会总是将"会读书的孩子"与"飞黄腾达"画上等号，人们忽略了，成绩再好的妈宝，顶多也只是个比寻常妈宝更傲娇的妈宝的事实。他将不具备任何飞黄腾达的能力，毕竟离开校门之后，考试专长就不再是专长了。

在工作领域里，"解决问题"与"独立作业"才是基本功。当我这样描述着我个人的认知时，那位合作厂商不以为然地说："男孩子干吗要浪费时间在那些婆婆妈妈的事上？那些事交给女人就好，他未来是要做大事的！"

前思后想，如果一个人从出生到大学毕业（甚至硕士、博士毕业）都被剥夺了"处理小事"的能力，很难相信这样的人在进入社会后的某一天，会突然变成一个可以"做大事"的角色。

最可怕的还不在于处理事情的能力，而是他自幼就没有被建构起来的"责任感"。倘若你在孩子的脑袋里写下了某种程序，诸如"除了好好读书考试之外，其他都不关我的事"的语法，那么在人格养成的过程中，他们很早就被废了武功。

我们家向来没有君子远庖厨这种荒诞的观念，男孩更没有什么不用做家事的特权,相对地,为了呼应传统观念中"男人是一家之主"的王道,那这个主子就更当操练好十八般武艺,预备好应对未来的人生里的"任重而道远"。

孩子从洗衣、晒衣、洒扫、洗碗、烹饪之中,不但能养成非常好的顺序逻辑能力与判断力,也能妥善地训练小肌肉与手眼并用的技巧。只要引导得宜,孩子在这个过程中还能享受非同小可的成就感。千万别小看这些家庭主妇日日操持的琐事,中间其实蕴藏了日后用途广泛的大学问。

另外,我也经常跟孩子说:"分担家事不仅仅是培养责任感或行事能力那么简单的层面,那更是一种爱的表现,当你们长大了以后,做家事是对长辈的爱,是对妻子的爱,也是对孩子的爱,付出就是'爱'最直接的表现。"擅自剥夺孩子做家事的机会,也相对剥夺了孩子爱人的能力。

"一个美好的未来"正如我们眼中所见的巨大建筑,当我们向往一个在事业上态度良好的孩子,就必须从一片瓦、一块砖开始,细细堆砌。

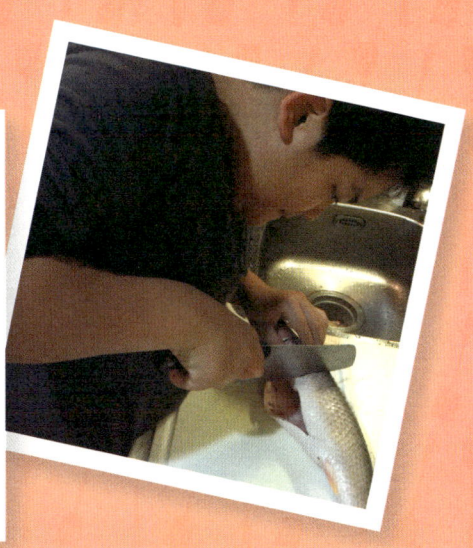

烹饪是一种成就感极高的游戏，通过鼓励，迷路已经具备了独力完成不少高难度菜色与烘焙点心的能力。

做温柔的感应灯，不做动辄得咎的警报器

海海人生[①]中，我们屡见某一类凡事却步、踌躇畏缩或明显阿Q心态的人；或是见到另一类狂放叛逆、沉溺行走于悬崖边缘之徒。巧的是，只要你略加研究，就会发现这两种极端的人格特质多半源自同一种童年，也极可能拥有同样类型的父母，这些父母对孩子总是过于掌控，开口闭口都是"不行""不要""不准""不可以""听我的就对了"。

人生经验告诉我，掌控欲越强、规范越多的父母，越容易教养出"爱说谎"的孩子。当孩子清楚了父母"吃这个也痒、吃那个也痒"的管教风格，认知了爸妈总有数也数不清的教条戒律后，说谎的技能就应运而生了。他们选择说谎是为了

[①] 海海人生，闽南语，意为人生像大海一样变幻不定、起落沉浮。

图耳根清静，有时也养成了再严重的事也懒得告诉你的自我防卫机制。

"说了，还不是换来你们大惊小怪一场？我又何必自找麻烦？"这是亚洲很常见的亲子关系典型，这一类的孩子属于消极抵抗型。

而越爱责骂孩子的父母，就越容易教养出"爱顶嘴"的孩子。原因很简单，他们为了与威权抗衡，必须开发出辩驳无碍的超能力。当我从侧面观察许多孩子与长辈顶嘴的过程，看到的无非是长辈采取了"非要你服从不可"或"非要战出个辈分阶级"的结果。一个牙尖嘴利、得理不饶人的孩子，多半是在威权下长期磨练出来的产物。出乎意料地，家里往往是最好的武道场，经由日复一日、一场接着一场的比武大赛，孩子逐步进化成为打遍天下无敌手的好辩之徒，或养成了为反对而反对的人格特质。

"反正你总是不分青红皂白地骂我，那我就不分青红皂白地顶回去！"这又是另一种典型，这一类的孩子属于正面迎战型。还有一种最麻烦的类型，就是以上两者的混合型，同时囊括了爱说谎与叛逆的双料成分。仔细想想，这三种孩子我们都喜欢啊！

或许有些人认为我是善于营销的广告人，才得以具备变通亲子沟通模式的能力。一般父母既非广告人也非业务员，哪来这么多怪点子去改善已经糟透的亲子关系？我想说的是，即便大部分人既非广告从业人员，也并非销售员，但你我和这世上所有成年人的共通点，就是我们都曾经拥有过"儿童"的身份。老天爷很公平，给了每个人相等的机会，你我都当过孩子。如果你愿意拿出更多的耐心与同理心来面对孩子各种成长阶段的心理状态，事情就会有所转变，当你反刍儿童或青少年时期的自己，回想当年最不喜欢被大人用哪一种方式对待，又有哪些"傲慢的长辈"曾令你敢怒不敢言，又或者你也曾埋怨过那些不经理解就责骂的师长……

一旦回到孩子的身心状态，重拾记忆中那个孩子的原型，事情就迎刃而解了。

在教养的过程中，我们往往爱把那句"都是为了你好"无限上纲上线。在贪快、贪方便的心理驱动下，我们很容易投靠"一针见效"的妄念，选择"事前恐吓碎碎念、事后大惊小怪兼责骂"的方式来处理亲子关系，希望孩子永远不要违背你的心意,却忘了越高压反弹力道越大的物理原则。

其实孩子需要的不是一枚动辄震天价响的警报器,而是一盏温柔的感应灯。

于是我总这么提醒着自己:"妈妈要当温柔的自动感应灯,孩子经过暗处,她才亮起来。妈妈不当歇斯底里的警报器,一点风吹草动就哇哇大叫。"

上帝要我牵一只蜗牛去散步

"这个字我还是记不起来。"迷路在反复写了几十遍之后,合上了课本,仍旧忘了刚刚练了半天的那个字该怎么写,脑子里只剩一片空白。他两眼泛红,忍着泪,在学习的领域里承受着超越这个年龄所能负荷的沮丧。

医院评估迷路是个多动症注意力不集中主导型兼学习障碍型的孩子,但是我心里清楚得很,这些看似艰涩的医学名词,不过是为了替人类归纳出一张过于草率的分类表罢了。医学界把那些字眼做成附有背胶的标签,一张张撕下来后,分别粘贴在不同的孩子身上。

接着,社会也急于替这样的小孩贴上更多的标签:"不认真""不上进""懒散""孺子不可教也"……或者粗鲁地把与众不同的人格特质归结为"病症",甚至强迫投药。

这时候，温柔地替孩子撕下那些遮盖他们光芒的标签，是我的任务。

"别哭！我们一起来想办法！你总是喜欢思考一些大哲学家才会思考的事，难道你不觉得那些深奥的东西与眼前这几个汉字比起来困难得多吗？如果你能理解黑洞与虫洞，如果你能熟记上百种昆虫的生态，如果你画得出连大人都画不出的姿态，如果你才十岁就能煮出一桌好菜……那学会学校所教的课业肯定不难。"在我眼里，他的优点丰盈如蜜糖，他的些许不完美从来瑕不掩瑜。

关于体制内的学习，我们需要的不过就是时间罢了。而一个孩子最不缺的不正是时间吗？他们还有好长好长的光阴可以进化啊！

迷路擦擦眼泪，再度获得力量之后紧紧抱了我一下，他整理好心情，鼓起勇气往黑暗的前方继续走。虽然路难行，但是我们都知道，走着走着总会走到有光的地方。他心里明白，只要米米牵着他的手，就算半途跌倒了，他也不至于孤单地疼痛着。米米的爱就是治愈跌打损伤的灵药。

其实能牵着一只蜗牛散步是福气，一路上，我们细看人生风景，人们视而不见的小草和露珠都成了我们眼里的最美。童年短短只有一次，于是我不理会大部分妈妈深信不疑的"不要输在起跑线上"，不用缩时摄影，只想以迷路的节奏缓缓记录下这个虽然缺乏速度感却异常坚持奋斗的故事，见证着他一点一滴的进步，感受着他每个比昨天更好的今天，这份礼物，何其厚重！

满脑子精彩故事的迷路，却总苦于写不出他想写的字而退而求其次，勉强使用了记得的字，却又造成一连串不完美的句子，有时成果出奇地不堪，明明是五年级的学生，却仅能写出二年级程度的作文。

我总是问他：为什么不干脆写注音算了？"不行，我已经十岁了。"孩子很有自己的坚持。这时候一定有人质疑"为什么不查字典？"，关于这点，也只有身为他的母亲的米米才知道的难处。因为交卷时间有限制。

对于这只慢蜗牛而言，他已经必须付出比别人多出两三倍的精力了，哪还容得下逐字翻阅字典的奢侈？

于是米米能做的，除了鼓励阅读之外，还得绞尽脑汁把记忆文字转换成一场又一场的游戏，然后陪着他一次次跌倒后又一次次站起来。不过，人生啊，不怕慢点到，只怕不肯到。如果孩子学习的食量小，那我就慢慢喂，只要能吃到东西，哪怕量少，还是会长大。

今晚迷路写了一篇四百字的作文，里面错字才两三个，并且使用了许多上个学期他怎么记也记不起来的难字。"哇！你怎么突然进步那么多？"我问他。迷路说："我只是慢了点，时间到了，我就会了。"

上帝给了每个母亲不同的任务，指派了一只慢吞吞的蜗牛让我照顾。我问上帝："为什么别人获得了猎豹和老鹰，而我却得到一只蜗牛？"上帝说："那是因为我知道你有能力让一只蜗牛奔跑和飞翔。"

是啊，身为母亲，我们不仅要相信自己的孩子，还要相信自己。

不让 3C 绑架孩子的快乐

阅读是一种超越 3D 的想象，能借由文字链接脑内想象力的区块，所以纸书从来都不是平面的，它立体极了。这就是为什么举凡小说改编的电影，无论如何都比不上原著本身，那是因为再厉害的导演也比不上你脑子里的小宇宙啊！

3C 游戏才是平面的，它直接提供了大量的声音效果、闪烁的光线和速度感，通过电子游戏，孩子的想象力瞬间停摆，一旦接受了这么大量的供给，大脑就会渐渐变得挑食懒散，凡是刺激不足的事物就无法促使它运作。

许多家长以为 3C 顶多只是伤眼而已，其实伤眼事小，伤了灵魂才是遗憾。电玩成瘾之后，大脑逐渐降低主动释放内啡肽的功能，必须借由大量的声光刺激内啡肽才得以被动地产出。于是如吸毒般，内啡肽用量越来越难以满足大脑，必须不断提高刺激，导致越快乐越沉沦。而内啡肽是一种非常重要的成分，它不但使人心神愉悦，而且是专注力的来源。

这个暑假，我扎扎实实地做了一场实验。假期一到，孩子没事干的时间多了，米米一忙，把孩子交给平板电脑保姆的次数也增加了。本来一周一次、每次二十分钟的用量，变成一周五次、每次三十分钟的用量，结果明显，小孩逐渐对其他事物失去了兴趣。诸如他们平常喜欢园艺、阅读、画画、劳作、烹饪、组合模型，或是弹尤克里里，经过短短一个多月的荼毒，那些原本让他们开心无比的事统统失去吸引力，完全被电玩魔力取代了。这是一件非常严重的事，这个时候，要让大脑恢复自动产生内啡肽的任务是件大工程，切莫迟疑，到了彻底成瘾时，一切就太迟了。

我们屡见社会新闻里的网咖案件，一些青少年不是打电玩几天几夜不睡，直至往生而后已，就是年轻小夫妻沉迷网咖，把襁褓中的婴儿丢在家里不顾，直到被活生生饿死。追逐成瘾的快感代价奇大，重则可能剥夺了良知、责任感，甚至是生命。

只要一段时间大量使用 3C，你就会发现孩子在没有 3C

可玩的时间里,非常容易鬼吼鬼叫,抱怨着百无聊赖。

这个世界上明明有那么多好玩的事儿,此刻孩子却再也感受不到趣味了,接着他们的脾气开始暴躁,逐渐在有限制的电玩游戏时间内得不到满足,进而要求更多,被拒之后又产生明显的低落情绪。不仅如此,当纸书失去吸引力之后,专注在课业上的能力将会变得更糟。可想而知,相较于"跑姜饼人"与"天天过马路"游戏,一翻开白纸黑字的课本,当然令大脑倒足胃口。

这个时候,爸妈该怎么办呢?方法其实很简单,带着孩子奔跑跳跃吧!运动就是最好的良药。

运动不仅是满足健康上的需求而已,孩子的心灵更需要靠着肢体上的协调而完善,哪怕只是每天跑二十分钟的跑步机,只要坚持一个星期,大脑工厂就会重新恢复良好的运作。他们不但脾气温和了,看周围的世界也再度充满趣味。

现代人生活忙碌,除周末之外,即便排除万难也不容易带着孩子从事需要场地的运动,所以我买了壁挂式的篮框,准备了两条跳绳,以及一块通过网拍买来的平衡圆盘,陪着他们在家比赛投篮、跳绳或玩玩平衡竞赛。当然，把运动变成好玩的游戏也是一个重要的窍门，如果你只是干巴巴地下了一道"投篮半小时"的指令，那效果是极其有限的，爸妈只要转个身，孩子就偷懒了。

所以诱因很重要。首先，我们得把乏味的机械动作设计成趣味竞赛，像是闯关游戏般，具备引人入胜的节奏感。我们母子三人通常会先比平衡感，谁先落地谁就输，接着是投篮和跳绳，得分最多的人可以享用两份点心，在接下来的桌游时间还可以获得通过牌、礼物牌或多走五步的奖励。成绩最差的人也要接受处罚，比如戴着婆婆的花花帽，绕小区快跑五圈（又可以达到运动的目的），每次到了最后，处罚的部分都会变成游戏高潮，让孩子们笑得乐不可支，因为输的多半是米米啊！

收起平板电脑，让玩耍回归本质，也让童年回到最单纯的起初。

白日梦像一场场小旅行

孩子的志向一直在改变,随着年龄阶段的变化,他们也会对这个大千世界产生不同的感受与认知。

迷路在两三岁的时候每天都说:"我长大要当猫头鹰。"(原因不明)

到了四岁的时候,他想当恐龙科学家,他一度是个恐龙控,小脑袋里装满了大恐龙的知识。

五岁的时候他想当"不骂人的老师",这个我理解,这个阶段的迷路首度面临了学习上的困难,在幼儿园里非常不讨老师喜爱,是个老师怎么教也教不会、学习上怎么记也记不住的孩子,饱受挫折。

六岁的时候，小男孩的超级英雄时代来临，他非常迷恋蜘蛛侠英勇伏恶的本领，结果每天都在家里不停地练习如何以最帅气的姿势喷出蜘蛛丝。

七岁的时候，迷路成了山上小学生，于是他迷上了昆虫、青蛙、鸟儿和大树。他总是因为在草丛间、树梢上遇见了新朋友而急于探索，因此也成了学校图书馆的常客，热衷于借阅自然生物类书籍，那一年的迷路想成为生态达人。为了满足孩子的求知欲，米米买书从不迟疑，甚至分期付款花了好多好多万大洋购回一整套美国探索频道节目（Discovery）DVD。不过这些投资最后都是值得的，迷路因为喜欢所以执着，后来在自然科学上也累积了超龄的知识。我猜，以他的程度就算去参加益智节目与大人一较高下也未必会输呢。

八岁的某一天，迷路说："我想当大厨师。"我问他为什么，他说："因为我喜欢吃好吃的东西，这样如果想吃什么，马上就可以自己煮，不必跟餐厅订位。"于是迷路开始着迷于有关烹饪的一切。

"婆婆，这是什么鱼？是海水还是淡水里的？要用煎的还是清蒸？""米米，意大利香料里到底是哪些植物啊？煎牛排要放哪一种？煮意大利式海鲜又要放哪一种？""婆婆，蛤蜊要怎么洗干净？""米米，我要怎么知道肉熟了没有？"原本三斤八两的早产儿，如受虐儿般的瘦弱身材，也就从那个时候开始，走向了暴发户般的另一个极端。

九岁的时候，迷路说他要当钢铁侠，因为"钢铁侠是所有超级英雄里最有钱的"。"咦？你怎么知道他很有钱？"迷路说："拜托喔！你没看到他家有多大、多前卫，又多高科技啊！是一整栋大楼还有停机坪耶，而且他设计钢铁装要花多少钱啊？谁知道在完成之前失败过多少次了，那要多有钱才能设计成功啊？"

孩子观察世界的角度有时真是惊人的直白，因着这个实在到不行的答案，我观察到迷路的脑袋里，逐步生长出原本并不具备的财经观点。

某一天，他又说不想当钢铁侠了。我问他为什么，他说："整天在天上飞来飞去打坏人，好累喔！"啊！想想也是。

前几天，迷路十岁四个月又十三天，他说："我决定长大要当导演了。""哦？为什么？说来听听吧！"我说。

迷路说:"因为我脑子里有好多好多故事啊,但是只有我一个人知道很寂寞,如果能拍出来让大家一起看,那会很好玩的。"

我问:"你想拍哪一类型的电影?"

他说:"科幻+冒险+怪兽+外星人电影。"

说到这里,他突然歪头一想:"这就对了!当一个导演,一定要有猫头鹰体质,为了拍片得熬夜熬好几年,然后把脑子里那些关于恐龙、自然与科学的常识融入剧本的细节里。再设定一个男主角,他有蜘蛛侠和钢铁侠两个人加起来的英雄特质,有点忧郁,有点幽默,有正义感,又会发明机械。最后,男主角在隐藏的身份之外,平日里其实是个餐厅大厨师。反派外星怪兽的灵感来源也有了!一个是很凶的老师,另一个是很古灵精怪的底迪!"

其实啊,爱做白日梦的孩子一点都不浪费时间,一个幻想成为足球选手的孩子能在几年内累积出很好的肢体协调能力与强健体魄,一个幻想成为音乐家的孩子能累积出迷人的旋律与好气质,一个幻想成为修车达人的孩子能累积出对各类车种与机械原理的丰富常识，一个幻想成为导演的孩子会为了圆梦而累积出一个又一个令人拍案叫绝的故事。

我最喜欢陪着孩子胡思乱想，也乐于做他们每一场白日梦的忠实观众，就算这些梦终是梦一场。一次次的奇思妙想正如一次次旅行，游历越多的国度，就能阅览越多的风光，这些童年累积的养分点滴滋补着未来，凡走过，必留下痕迹。

或许迷路上了初中以后就再也不想研究恐龙和昆虫了，但是好故事总有续集，某天等他当了爸爸，搞不好会因为脑袋里那些丰富的素材，换来孩子超级英雄般的崇拜呢！

最起码，他能给他的孩子讲出许多好故事，也能做上一桌好菜啊！

谢谢你们两个外星宝宝愿意来到这个不太美好的世界，做我的孩子。你们是我一生最美的相遇。

孩子是爸妈永远
写不完的功课

暴走底迪上小学之后，我得了"夜间来电显示恐慌症"。这小屁孩又皮又反骨，总让老木三天两头接到老师的投诉电话，当老师的号码闪烁在手机屏幕之间，我的胃，也总在瞬间绞痛起来。

"暴走妈妈，暴走上课话真的很多啊！而且非常爱顶嘴，我真的辩不过他啊！""暴走妈妈，暴走真的很皮，下课和几个也很皮的同学玩踢来踢去的游戏，这样很危险，麻烦你在家好好劝导！""暴走妈妈，暴走上课坐不住，老是走来走去，不能安静！""暴走妈妈，暴走今天又跟XXX（另一个也很皮的小孩）吵架了！"

每天一到晚餐结束后，大约八点左右，我内心就有一种"挫勒蛋①"的忐忑。

某个上午，米米正忙着开会呢，突然发现一通未接来电，显示是老师的号码，会后我十万火急地回拨。"老师！我是暴走妈妈！他是不是又闯祸了？"我百般惶恐。

老师笑笑说："没有啦！呵呵，不好意思，我不小心按错了。"想想还真令人汗流浃背，一个能让老师不小心误拨的号码，足以显示那肯定是个常用号码了。

我才庆幸着今天安全过关呢，不料到了晚上约莫九点钟，老师又打来电话了："暴走妈妈，这次可不是按错喔！我是真的有事要跟你说，就是啊，暴走在校车上被某同学强迫看手机上的图片，他跟那位同学说不想看，那位同学还是强迫他很多次，结果他就忍不住用手戳人家的眼睛，对方的爸爸非常生气！"

我的老天爷啊！这孩子真让老木不得安宁，常常带头造反，皮到一刻不能停，又常做出一些傻到不行的举动和花招百出的表情。暴走底迪的个性像极了马克·吐温笔下的汤姆，

---

① 搓勒蛋，意思是由于心理紧张而不由自主地全身发抖。

像这样欢乐耍宝又无厘头的淘气孩子，一派天真的嬉闹个性，一旦走进了校园，立马成了令人头痛的人物。

迷路小时候也曾让我接到很多投诉电话，不过多半都是因为学习表现方面的状况，他学得慢、容易恍神、注意力不集中、时常忘东忘西……却从来不曾有过秩序上的问题。迷路总是安安静静，守规矩又不吵人。

说到学习状况，迷路和暴走在一模一样的环境下成长，两个人的表现却南辕北辙。想当初迷路在小学三年级之前，课业方面总是什么都学不会，你看得出来他非常柔顺，非常愿意配合，却总是坐在书桌前，以泪眼汪汪的状态收场。他想学却学不到位，心里甚是受挫，除了他热爱的自然科学，其他学科样样需要花上比人家多上数倍甚至数十倍的时间去学习。暴走不一样，他在幼儿园阶段里，我完全采取有机成长的方式，从不逼他读英文，不逼他学注音，不强调数学方面的学习。说来也奇怪，虽然他处于完全没有压力的放松状态，却也在快乐玩耍间学会了许多，特别是数理概念，在未曾有人指导的情况下，暴走底迪小班的时候已经具备了加减法计算的能力，似乎一切来自本能。

所以说啊，当了妈妈之后，人生方才进入了烈火修道场。有人说孩子是来讨债的，我却说，孩子是来还债的！他们来到这个世界成为我们的功课，协助我们更趋近于心灵上完整的人，人们总指望获得一个完美无瑕的小孩，但我们自己又岂是一个完美无瑕的大人呢？

孩子总是"有一好没两好"，每个孩子各自都有不同的问题，有的特别缓慢，有的特别急躁；有的爱恍神，有的特别顽皮；有的像一块推也推不动的大石头，有的则像停也停不下来的发条娃娃。细看每个孩子，他们都有截然不同的性格，这些性格的纹理之间也都藏着一体两面的美好宝藏。

回想起当初那个缓慢、恍神、学习上充满各式各样问题的迷路，在上了小学四年级之后却进步神速。仔细想想其实也真没什么好大惊小怪的，他不过就是比人家稍微晚了点开窍而已。也正因为他花了很多时间神游太虚，进而调和出一种独特的思考模式，所以迷路年纪很小时就忙着探索宇宙与人生哲理间的奥秘。虽然课业成绩不尽如人意，但是小小的迷路却经常语出惊人，个性温和淡定的他，活得总比大人还像智者。

他拥有一种既特别又与众不同的哲人特质，从九岁开始就逐渐理解了许多真理。

有一天他恍然大悟，跟我说："米米，世界上有些事你逃也逃不掉、非做不可，而且只有做完那些非做不可的事，才有时间玩耍，思考关于宇宙的问题。"那些"非做不可的事"，指的正是学校里的课业。所以上了四年级之后，迷路的日常生活完全上了轨道，他非常清楚自动、自发才是王道，不但少了妈妈或老师的责备，相对还能获得更多自由。他把自己的事处理得越好，得到的空间也就越大，他逐渐清楚什么时候该做什么事，在完成课业之余还乐于协助米米处理许多琐事，好比照顾弟弟做功课、把餐后的桌面收拾干净、帮妈妈晒衣服折衣服，或者主动把弟弟打翻在地上的水渍拖干、帮弟弟洗澡……

我想，这同样意味着暴走底迪顽皮的背后，也蕴藏着一股正面能量，好比乐天积极（皮）、百折不挠（一根筋），以及独特的领袖魅力（带头造反）。那些与顽皮一体两面的特质，正等着被这个世界发掘呢！

老木好不容易才将迷路送入了轨道，随着暴走底迪上小学，又得再度重返修罗场。这一次的修炼项目完全不同，也更具挑战性。之前，我每天总得花四个小时以上的时间，陪着迷路做完别人只需要花三十分钟就可以完成的功课。现在，我每天得花上更多的时间和精力，陪着暴走底迪学习"如何做个乖小孩"。靠着努力瞎掰一个又一个寓意深远的故事，靠着抓住每一次机会教育，靠着好说歹说，靠着偶尔忍不住狂飙怒吼……我尽力浇灌这棵枝桠狂放的小树苗。当然，还得靠着要求他们跳绳、运动、忌甜食来达到孩子脑内的和谐。我相信只要努力就会有成果，这绝对不是一朝一夕的工作，想教好孩子一件事、一个道理、一种习惯，有时候比建好一整条高速公路花上的时间还长啊！

不过，毕竟迷路已经给我提供了一次最好的经验，只要肯付出时间，陪着他们往对的方向前进，只要不停下脚步，总有一天会到达目的地。如果说，拥有一个孩子人生就将面临时时刻刻的修炼，那拥有两个以上的孩子，肯定就是分分秒秒的苦练了。孩子在不同阶段所产生的每一个问题都是关卡，我们除了生气、烦恼和责骂之外，回过头来，还是得静静思考，细细抽丝剥茧，想方设法找出启发的方式，无论如何都得带着孩子攻关。

孩子的功课总有写完的时候，但父母的功课就是教导孩子，这是门无涯的学问，这功课得写到至死方休啊！

我深信在不久后的未来，或许在某一个晚上，我会接到老师的电话："暴走妈妈，暴走最近好乖啊！"

正当我为了孩子眉头深锁之际，他婆婆喜孜孜地看着我："呵呵，暴走底迪是来替婆婆报仇的啊！你小时候有多可恶啊！呵呵！"

没有压力、没有学费 V.S. 成就上的等价关系,"轻松愉快"更能让孩子有机会发自内心地渴望学习某件事。

老师是童年的暖暖包

我很庆幸，两个孩子都遇到了好老师，他们就像孩子童年里的暖暖包，温热成长中的小小心灵。

顽皮的暴走底迪在初入小学之际，就遇上了一个开朗且对孩子充满爱的好老师，她对孩子说："因为老师身材圆圆的，所以你们可以叫我圆圆老师喔！"

这位圆圆老师是个讲故事的高手，讲起故事来生动绝伦，连说带演，瞬间就能带领孩子走进无边无际的想象空间。最感人的是，圆圆老师非常乐于鼓励孩子，哪怕有些小家伙再皮、再不守秩序，一旦有些微值得嘉许的举动，她不仅仅是口头上大力夸奖而已，还会把孩子抱起来转圈圈！我相信鼓励只会让孩子朝着更好的方向前进，而拥抱时的温暖，也会逐渐融化叛逆不羁的心。

顽皮是童年的特产，一个对教育有热忱的好老师，从来不怕花费大量精力和时间循循善诱。每次暴走底迪在学校发生暴走状况时，圆圆老师总是安慰我："我们一起加油！暴走是个聪明的孩子，只要我们一起努力，相信一定会渐入佳境的！"面对焦虑的妈妈，老师的鼓励熨帖着心，支持着意志，总能让我重拾力量。

迷路过去也遇到过许多好老师，升入五年级后，他再度遇到了一位不但好而且还深得孩子喜爱的可爱老师。这位年轻高挑又漂亮的女老师既温柔又懂得儿童心理，班上的小朋友没有一个不爱她，因为她姓熊，名字里又有个"正"字，于是某天大家决定叫她"熊正咩"（台语：最正的咩）老师。

正咩老师确实走进了迷路的心坎里，她耐性十足，乐于等待学习速度较慢的孩子。她童心未泯，乐于放手让孩子追求自然和快乐地嬉戏。当师生之间建立起如朋友般的友谊，如同大姊姊带着小弟弟妹妹般的亲密，孩子自然愿意投桃报李，更自发性地好好学习，不令爱他们的好老师失望。

看着迷路在学习过程中一天比一天快乐，有一天我说："哟！少爷，你最近还挺爱上学的嘛！而且从这学期开始，你回家特别爱讲'正咩老师说'喔！"迷路说："对啊，我越来越喜欢上学，老师上课的时候我也敢提问了，因为正咩老师很好玩啊！"

我又问："那正咩老师都不会发脾气吗？"迷路说："会啊，但是正咩老师发脾气一点都不可怕，而且她对我们很好，所以就算偶尔骂人，我们也知道那是为了我们好啊！"

别看孩子小，别以为孩子不懂，其实老师对孩子的好，他们点点滴滴都记在心头。

每天傍晚，两个孩子放学一回到家，总是争先恐后、迫不及待地与我分享学校里发生的一切，有辛苦的、好玩的、难忘的、爆笑的，还有各种令人惊奇的新鲜事物。细细一想，这一切不仅仅是一位好老师所带来的美好而已，各个学科的老师都各自为孩子们画下一朵朵美丽的花，当孩子回家时，手里捧着的就是一整束满满绽放的童年时光之花了。

我时常感到自己是如此幸运，上天为孩子安排了最适合的老师，每次问他们最喜欢哪一科的老师时，他们好像怎么也说不完似的，把每一科的老师从头到尾说一遍，从班主任，到体育、生态、自然、英文、美术老师……一个都不漏掉。

特别是迷路，他的体育老师从来不知道这孩子因为在出生过程中造成了脑伤，还伤及腿部运动神经，所以成为全班跑得最慢的那一个，在这样不知情的状况下，体育老师对他还是疼爱有加，几年下来，一路上除了加油，还是加油。

另外，迷路还有个带了他三年多的英文老师，我都叫她"孩子的二妈"。她不仅在英文的学习进程上愿意给迷路更充足的时间与更多的赞美，让迷路从万分惧怕到爱上英文，并且还非常照顾暴走底迪。她常常怕这小动物饿了，所以会在课前买些点心喂食，对于班上其他的孩子也统统一视同仁地疼爱着，说她是孩子们的第二个妈咪是再贴切不过了。

在孩子的人生里，老师的影响有时更胜过家庭成员，走过生命之间的每一位好老师，都为他们写下一个章回的美好。慢慢地，当所有的章回汇集成册，那便写成了一整部精彩绝伦的童年故事。

我们都知道，扣除了睡眠，在孩子醒着的时间里，在学校的光阴比在家里更长久。我有幸将孩子托付给这些对教育充满热情的老师，迷路和暴走底迪也有幸因而度过这么温暖的童年，我们真是好大的福气啊。

路，是迷路自己走出来的

虽然热情的迷粉给了迷路一个"台湾地区史上年纪最小的插画家"的封号，可是迷路对于这个"插画家"的头衔似乎一点感觉也没有。他觉得自己只是很单纯地用画画记录下寻常的小日子罢了。

迷路在每个成长阶段的"志愿"表述中，也未曾出现过画家这个选项。对他而言，画画只是他做得很好、很快乐的其中一件小事而已。

很多人认为，迷路小学毕业以后，妈妈应该帮他升入有美术实验班的中学才对。但是，我要令那些充满好意的亲友失望了，不愿这么做，是因为"让孩子练就更好的技法"向来不在我的选项之内，我反而担心他被"逼真"与"完美"的框架束缚了天马行空的想象力，追求纯熟的技法与画得"像"

实在不是件好事。风格是人格特质的彰显，创造力只能在无拘无束的内在里养成，而画面讲求的是情绪与感受的渲染力，倘若一幅画只讲求技巧，却缺乏风格、创造力与情绪感受，那最终也只能沦为匠气之作而已。

梵高的画之所以流传至今，是因为他以独一无二的笔触创造了独一无二的情绪。在他的境界里，你读得到孤独、寂寥与抑郁，却找不到巧夺天工的精致。夏加尔的画之所以美丽，美在画面所传达出来的热恋与爱，没人计较那些比例是否符合世界观点。艾雪的画之所以迷人，在于他把心里那场超越现实的梦境落实于画布，你绝对无法从理性角度来度量。

我知道即便我多么努力地解释着，仍会出现传统派人士的反对之声，也仍会有人认为："既然爱画，就要画得好，既然想画得好，就是要像，既然要像，就得不断地磨练技巧。"

不过毕加索说过一句名言："我曾经像拉斐尔那样作画，但是我却花了终生的时间，去学习像孩子那样画画。"一代大师毕加索终其一生寻找风格的终点，直到年迈，他才发现"做回孩子"才是艺术的制高点。他也曾对五岁的女儿说："你是创作者，你觉得好，就是好；你若觉得不好，那就不好。你，对自己创作的观点，才是最重要的。"

所以，在陪伴孩子的路上，我从不让人们左右孩子的自由意志，孩子们自己觉得好、有发自内心的快乐，这才是重点。我能做的不是教导，而是放手。我要做的是不批评，只有欣赏。我能达成的，不是为他们寻找名师，而是替他们排除路障。

在他们幼儿阶段，我就吃力地独排众议，过滤掉那些美其名为"美术"的课，因为那实则是不允许孩子思考，仅达到操练加工能力的"材料包课程"；也杜绝孩子们使用看起来像"画画"，实则只能训练他们服从框架的着色本。我还能办到的，就是鼓励他们尽情想象，然后大胆画出自己的想象，不需打草稿，不需涂涂改改。打草稿是"大人担心孩子呈现得不够完美"之下的产物，但是艺术从来没有对错，也没有标准答案。所以无论像与不像，孩子只要勇敢地做自己，那就是一百分的完美。就这样日复一日、年复一年的陪伴，我们从来不讲究技巧，技巧却因着孩子钟情于画画自然而然地追上了手里的笔，成就了迷路和暴走弟生动的绘画表达能力。

如果未来他们想在艺术上追求更高的境界，他们定会摸索出一条自己的路，如果他们不想这么做也很好啊！那终其一生，画画都会是种令人心神愉悦的消遣。身为父母，我们能做的真的不多，我们没有资格当他们的老师，只能做个贴身随员。当他们年纪还小，还不具备捍卫创作自主的能力时，我一路努力捍卫着他们的纯真，尽力排除一切似是而非的规范。清空路面之后，路，让孩子自己走出来。

才艺总在快乐的土壤里开花

三年前,米米因为工作量暴增,时值行业比较景气,又适逢提案旺季,那个暑假,我只好忍痛把迷路交托给安亲班的暑期营。好在安亲班安排的活动样样好玩,除了游泳、跳棋、变魔术与校外教学等活动之外,还包括了几堂尤克里里课程。

为此,我替迷路买了一把可爱的尤克里里,不料上课期间他却因为生病请假错失了课程。既然琴都买了,不学未免可惜,于是我上网找了家教老师到家里指导,不过几堂课之后,迷路先生只觉得枯燥乏味,完全提不起兴致。他清楚地表达了负面感受,比如无聊、无趣、好难、不喜欢、不想练,等等。

面临孩子拒学才艺的状况,许多父母会采取强迫的方式,拿出"浪费我的血汗钱""太没责任感""怎么可以半途而废?

怎么可以虎头蛇尾？"这一类大是大非的罪名来钳制孩子的学习态度。不过依照老木的幼年经验，亲子关系一旦走进了威权胁迫的模式，孩子对当下所学习的事物，也会理所当然地走进无以复加的讨厌深渊。我实在很怕扼杀了一件明明很美好的事物，于是同意让他放弃。

我很清楚凡事只要不陷入僵局，不彻底破坏孩子学习的兴趣，那么未来，机会始终都是开放的。在漫长的人生旅程里，任何事都充满无限可能，这一秒，缘分走出了大门，某一天，缘分也许会再来敲门。

就这样，那把尤克里里放了三年。某一天整理房间时，我看着那把闲置的小琴，自言自语地对自己说："真有这么难吗？不如老娘来试试好了！"于是四十一岁的阿桑迈向了尤克里里的学习之路，也万万没想到的是，因着年纪不同，心境也截然不同。人届中年，若仍有幸在事业与家庭两头烧的百忙之余接触全新事物，那绝对是一种奢侈啊，回想起小学时被迫练习钢琴的痛苦心情，真有天壤之别！

我开始欢天喜地地练琴，练着正确的握琴姿势、正确的按弦方式，当然也练着自弹自唱。尤克里里是一种让人非常愉快的乐器，它的身材轻巧可人，它不但音律之间充满质朴的欢乐，并且非常容易入门。于是我不时地在家自嗨、放声大唱、放胆弹奏，整个过程开心极了！

说来也奇怪，其实我一点都没有强迫迷路加入练习的意思，不过孩子却因为看着妈妈发自内心的陶醉、快乐，竟被激起了好奇心。

一天，迷路问我："你怎么总是弹得那么嗨啊？有那么开心吗？"我说："真是嗨死了，你绝对没办法体验我此时此刻的愉快，啧，残念[①]！"迷路说："这也太过分了！我也要学！你怎么可以一个人快乐，不让我参与！"

于是，在比起尤克里里家教老师更了解自己儿子习性的状况下，我开始用自己的方式误自己的子弟。米米并不打算像一般老师那样先要求学生熟背和弦，也不打算走正规路线过于强调指法的正确性，我必须快速地将成就感建立在良好的技巧之前，能先引发兴趣才是王道，关于那些严谨的规则面，我计划在他练好第三首曲子之后再逐步加以引导。

[①] 残念，从日语代用的中文新词，意为可惜、遗憾、懊悔、遗恨。

说到"误自己的子弟",这话可真不是盖的,米米自己也才初学乍会,不过这也成就了一种教学相长的趣味性。老木这辈子从没那么认真学习过,过去总靠着一半努力一半小聪明偷度人生,这回为了提供新技法与新教材给迷路,我史无前例地认真上课,一心想把课堂上学到的原封不动地过户到迷路的脑袋里。

迷路练习的第一首曲子是《宝贝》。练习了大约一个小时之后,他便学会了整首曲目。迷路好惊喜:"哇!我觉得自己好棒喔!""奇怪,之前怎么没发现尤克里里那么好玩呢?"我说:"那是因为之前你不愿意相信自己是一个很棒的小孩啊!"

是啊,这说明了"适性教学"是非常关键的概念,教法不同,有趣度也大不相同。基本功固然重要,但是一开始能让孩子乐于往下走、乐于自发性投入才是重点,假使生硬坚持着正规性而忘了趣味性,孩子在缺乏弹性的教学下受了挫折,自然断了后续的可能性。

迷路学会《宝贝》之后,又陆续接触了另外几首曲目,获得了难以想象的成就感。另外,通过米米、婆婆和公公这一尽力无比的长青组拉拉队，更让他产生了追求好还要更好的动力，进而愿意主动学习正确的指法与姿势。

在没有人逼迫他练琴的情况下，他经常会因为看我练得快乐，顺手也打开琴盒一起弹奏，奇妙的事接二连三地发生。今晚，向来对尤克里里半点好奇心也没有的暴走底迪凑了过来："你们两个很坏喔，玩得那么开心也不叫我一起玩！"

于是暴走底迪在十五分钟内学会了《生日快乐》，家里瞬间又多了一个因为成就感而无比开心的孩子。我跟他们说："我们一起把琴练好，万一哪天失业了，咱们母子三人起码还可以带着三把琴和一个碗去地铁站的地下街卖艺！"

迷路皱着眉头："什么嘛，你也太没志气了，你怎么不说，搞不好哪天我会变成台湾地区的杰克·岛袋[1]啊！"

在培养孩子兴趣的过程中，我从来不以未来的飞黄腾达当作赌注，我能做的就是鼓励，用玩耍的心情陪着他们历经

---

[1] 杰克·岛袋（Jake Shimabukuro），1976年生于美国夏威夷州，为日裔美国人，著名的尤克里里演奏家。

一场又一场毫无负担的游戏，孩子因着画画、烹饪、研究昆虫动物或弹琴而丰富了人生，这样就够啦！孩子的兴趣不计利害关系，也没有成就上的等价关系。兴趣，本来就是用来愉悦灵魂的！《论语》里"无欲则刚"的精神，其实最适合用在父母培养孩子才艺的态度上。

把数字讲成故事

迷路四年级的时候,总是搞不清楚小数点的规则,不论是"无条件舍去法""无条件进入法",还是"四舍五入法"。因为在课堂上统统听不懂,下课后又害羞、内向,迷路不敢向老师问个究竟,所以连续上了两周的讲授小数点的课程之后,面对着习作本仍然只有发呆的份儿。这时,我只好绞尽脑汁想出能让他理解的办法。

我说:"这个老板是个势利眼,你到他店里消费,他还得检查你的皮夹里是否带着超过 5 块以上的金额,超过 5 块才让你进门。老板 = 个位数,小数点 = 你的皮夹子,小数第一位超过 5 块 = 你带了 5 块钱,这就叫作四舍五入法。

"另一个老板人超好,他才不管你带了多少钱,只要客人上门,一律开开心心地邀请入内。这就是无条件进入法。

"还有一个老板出门旅行了,他请员工看店,但是那个员工很懒惰，一点都不想工作，于是干脆在门上挂着一个写着'今日休息'的牌子，结果谁都不准进门。这就叫作无条件舍去法。"

"好简单，我听懂了！"迷路笑眯眯地说。

上了五年级之后，令人困扰的最大公因子跟最小公倍数又成了迷路的另一场噩梦。迷路怎么也搞不清哪一题该求得公因子、哪一题是问你公倍数。原来，问题出在他连这两个名词最基本的含义都没弄懂。

几次作业下来不见他有所进步，于是我要求自己必须跳出数学概念的本身，把数学变成故事，让孩子获得理解。

我说："你跟底迪是两个完全不同的人，从个性、身高、体重、长相，完全都是独立的，但是你们两个有没有共同之处呢？"

迷路说："有啊，我们都不喜欢吃胡萝卜和豆类，我们都喜欢游泳、看电影、玩钢弹、看卡通，以及跟宝瓜玩。"

"这就对了!"我说。

"90和150两个数字是一对兄弟,他们虽然看起来完全不一样,分别是独立的两个个体,但是细细研究之下,既然是兄弟,就一定可以找出他们个性里共同的元素,2、3、5、10、15这几个数字就像胡萝卜、豆类、游泳、电影、钢弹、卡通跟宝瓜。这就是'公因子'的意思。"

迷路说:"喔,我懂了!原来不难嘛!"随着他清楚了最大公因子的意思之后,最小公倍数的定义也自然而然跟着变得清晰了。

在这样的举例之下,迷路只花了两分钟就搞懂了之前花了两周都搞不懂的数学概念。这个世界上可以概括出两种人,一种人用左脑思考,另一种人则是右脑占主导地位。当然,还有一种左右脑都平衡发展的人,不过较为少见。左脑型的孩子在数理上很容易有较为优异的表现,而面对右脑型的孩子,我们就得花时间把理性转化为感性,化规范为故事了。妈妈在责怪孩子上课不认真之前,先试着平息火气,花点时间找出与孩子相应的语言来解读迷惑,才能事半功倍。

每个孩子各有长短，左脑比右脑发达的孩子，或许在数字上成绩斐然，思考上也很理性，但是在人文心灵上的追求可能较难深入。右脑比左脑优秀的孩子，也许在数理概念上一塌糊涂、缺乏条理、记忆力不足，但是往往在文艺特质与创造力上颇有潜能，并且很重感情。至于左右脑平衡发展的孩子，若不是如达尔文般可遇不可求的天才，就是样样平均，尽显中庸之道。

不论孩子的弱项为何，他必然都有强项值得你为他欢欣鼓舞。最重要的是，爸爸妈妈得试着打开想象力的开关，启动点子制造机，把卡住孩子小脑袋的硬问题，一个个烘焙成松松脆脆极易入口的创意爆米花！

当个一流的
钻石鉴定师

父母总是在期待孩子"好,还要更好"的想望中度过分分秒秒,也总是在遗憾孩子"为何永远不够好"的情绪里纠结,在我巡回演讲的过程里,时常遇到因为孩子少考了那么几分而"耿耿于怀"的家长。

"我们好痛苦,真的过不了这关,你知道吗?我和孩子的爸都是医生,真的没办法面对成绩这么差的小孩,才小学四年级而已,语文竟然只考了六十八分!"

"气死我了,我儿子大学重考了两年还是考不上法律系,真不知道要怎么样才能让他了解,认真考试才会有前途。"

"我女儿上了初中之后,无论怎么逼、怎么打,数学永远只给我考个二三十分!"

某次,一个妈妈沮丧不已地描述:"我当然知道不该这么在意分数,可是当了父母之后才知道,说是一回事,遇到了又是另外一回事,分数根本是放不下的心结啊!我花钱、花时间给儿子上了好多补习班,每天还不停地让他写总结,可是他永远都只能在及格边缘徘徊,让我在亲戚面前很难堪。后来,我只好跑遍台湾大小庙,求神对我公平一点,给我儿子一个奇迹。"

这时旁边原本一言不发的另一个母亲,从皮夹里缓缓拿出她孩子的照片,很平静地说:"这位妈妈,我让你看看这张照片,照片里是我的孩子,看起来像六七岁,出门还得坐娃娃车,但其实他已经十六岁了,他是个脑白质液化的重度脑性麻痹儿。我曾经很痛苦,过不了这关,放不下心结,后来我跟你一样跑遍台湾大小庙,我祈求他能说话、能站起来、能像个正常孩子一样跑跑跳跳。十几年过去了,现在的我,只希望有一天他能不靠呼吸器而能自主呼吸,只希望他能比我先走一步,因为若是我先走,那谁来照顾他往后的日子呢?这世界从来没有公平,对我来说,你嫌弃的那个孩子,那个既健康又活泼的孩子,在我看来已经是奇迹了。"

眼前这个令人鼻酸的母亲,从来没有机会为考试多一分或少一分而烦恼，照片里的那个男孩，一辈子没机会当学生，一生都是重症病患。

是啊，在铺天盖地的功利主义洗脑之下，我们都忘了知足，忘了感恩，忘了欣赏孩子，忘了孩子的才华或许就站在考试的大门之外。他们可以是你眼中的黑煤，也可以是你眼中的钻石，端视你用什么价值观来度量，只怕你不愿修习钻石鉴定师的学分，看不出璞石里美不胜收的八心八箭。

我总是觉得，亚洲的父母过于在意自己的孩子能不能成为别人眼中的好，却不愿当个伯乐，努力发现他们独一无二的好。这些父母总是在孩子幼龄的时候剪去了他们的翅膀，待孩子长大之后，又埋怨他们不如别人飞得高。

在一篇关于日本知名漫画家的访谈文章中，伊藤润二提到："印象中，从还在上幼儿园时，我就会在画本上信手画出自己想象的妖怪模样。从小学到高中，我的功课从来没有好过，每天多半只会想东想西，然后把它画出来。"他还说每逢数理课，就是最容易超脱现实世界时空的时候，许多天马行空的想法都是在那个"完全搞不懂老师说什么"的奇妙场域里勾勒出来的。当然，陶醉在自己的迷幻天空时，总有

被老师点名提问的经验,"没办法,我就只能在原地发愣,回答不出个所以然,然后挨骂"。(摘自《今周刊》第 983 期)

有些孩子总能乖乖地待在这个时空里,安分守己,有些孩子却很容易迷走到另一个维度里,管不住出窍的灵魂。感谢那些热爱迷路的孩子,每回他们上了外层空间,返航时都不忘带来人间不曾见识的奇珍异宝。因着他们神奇的脑袋,整个地球都精彩了起来,那些孩子后来是帕特里克·聚斯金德,是伍迪·艾伦,是草间弥生,也是伊藤润二。

好在这些曾是大人眼里不够完美的孩子,始终只愿意做自己心里那个完美的自己。

因为你先爱上阅读

阅读是一种投资报酬率最高的休闲活动，花费最低获得却最多，若能遇到一本好书，两三百元的代价就足够影响一生。

许多父母只介意孩子有没有读好课本，一点也不在意他们是否还接触了课本之外的书籍。也有许多父母非常努力培养孩子的阅读习惯，但成效不佳的原因在于父母本身并没有阅读的习惯，当你一再对孩子强调书中自有黄金屋的价值，孩子却不曾在你身上看见有所追求，这样的状况自然是缺乏说服力道的。

迷路是个非常喜欢看书的孩子，尽管家里已经书山书海，他还是常跑学校的图书馆，就连上学、放学坐公交车的途中也想抓紧时间阅读。担心他在摇晃的车上伤了眼，我还得明文规定不得在车上看书。朋友问我："要怎么养成小孩自发性阅读习惯啊？我家买了一堆书，常常要求小孩看，但是叫也叫不动！我在他们小时候也常常念故事书给他们听啊，怎么一点用都没有?"

其实孩子在幼儿阶段时,我不仅天天讲故事,还时时对他们进行洗脑工程,经常告诉他们:"看书好快乐、好满足啊!""书里有好多好多奇妙的故事喔!""我现在只能讲薄薄的绘本给你们听,但是等你们学会认字之后,就能自己看厚厚的一整本小说了,米米跟你们保证,到了那个时候,你的世界会完全不同!"

偶尔,当我讲了些让他们欲罢不能的好听故事时,也不忘告诉孩子:"这些故事都是米米以前读过的书,米米之所以能讲出这么好听的故事,就是因为看了很多书啊!"孩子在欣赏电影时,也要记得抓住机会教育,告诉他们许多精彩的电影皆源自原著小说,这世界上所有的故事,都是从文字里开出来的花。

当然,父母不仅要靠口头推销的功夫让孩子爱上阅读,还得靠身教的影响力。如果爸妈无时无刻不在开着电视,那孩子理所当然跟着享受你认为享受的。如果爸妈经常捧着书,那孩子一样也会在耳濡目染下爱上阅读。我们的嗜好分分秒秒左右着孩子的认同,我们的喜好是孩子最直接的判断标准,他们小小的一双眼，正仔细观察着让你快乐、沉迷的每一件事，然后好奇宝宝们绝对也会想一探究竟。

小时候，我的奶奶无论走到哪儿都抱着一整袋的毛线球，她总是以一种神乎其技的花俏指功编织出全家人都喜欢的毛衣。当时还是孩子的米米，深刻感受奶奶编织时的愉悦，于是我也想体验那样的愉悦，八岁那年，我便主动要求奶奶教我打毛衣。

奶奶还非常喜欢园艺，花了很多时间莳花弄草，有那么几次，她在花园里快乐得连晚餐都忘了煮。我抱怨说："人家肚子很饿耶，怎么晚餐还没煮啊？"奶奶说："种花好玩嘛，我玩啊玩的就忘了时间，哎呀！天真的黑了！"

从那一刻起，我也想一探园艺的美好。我猜，能让一个七十几岁的老奶奶玩到忘了时间的游戏，肯定充满奥妙。于是我跟着奶奶一起松土、浇水、播种、修剪、接枝，也享受开花结果的成就感。奶奶爱种花的嗜好影响了老山羊公公，影响了我，然后我们又影响了迷路和暴走底迪，这些习惯从来不需要向孩子强迫推销，只要你做着、喜欢着、陶醉着、满足着，那么对世界充满好奇的孩子们，自然而然也会渴望走进那处快乐的秘境。

　　阅读习惯也正是如此，当孩子看见大人迷恋着书本，他们也会跃跃欲试。

神奇的
魔法咒语

如果你常跟孩子说"赚钱养家很辛苦""上班很辛苦""工作很辛苦"……这些话，孩子经年累月听在心里，久而久之就变成一种一世都得不到解药的毒，迫使他们自小建构出惧怕工作、惧怕挑战的心理状态。

我经常跟孩子说："赚钱养家是件很幸福的事，看着你们吃得好、过得好，就是我最大的成就。"每次出门上班，我也习惯对他们说："米米要出门打怪了，今天有三个大魔王要战斗，不过我一定能攻关！"

爸妈对孩子说的每句话都像神奇的咒语，法力无边，有些咒语能让孩子变得积极正面，有些会让孩子变得消极负面。如果你老把"赚钱很难"挂在嘴上，那孩子未来积极快乐面对工作的筹码，也会早早地就被你消费一空了。如果你以念兹在兹的"诅咒"陪他走过成长阶段的二十个年头，当孩子对于"赚钱很难"这个观念深信不疑之后，又怎么会相信每个人其实都可以在不断地自我进化之下获得更好的能力，也获得更多的回馈？

"反正赚钱那么难，那我穷也是刚好而已。"天啊，事情不是这样的！

父母也不能总是一见到生活富裕的人，就下了"那个人运气真好"的结论，即便你只是发发牢骚，也并没有对着孩子说的意思，但是人格特质都是在不经意的生活点滴里形塑而成的，孩子听啊听着，逐渐养成了"成功的人都是靠运气"的谬误认识。日后，他们一心只想等待奇迹，一旦遇上挫折，也不愿回头审视自己付出的多寡、理解的方向对不对、做的功课够不够，只是一味自怨自艾着："我的运气真差！"

有两句话，是我每日必说的神奇魔咒，一句是"难，才好玩"；另一句是"我喜欢攻关"。

我告诉孩子，简单的事就算完成了，也只是完成了而已，不痛不痒，但如果你能用一生拼命的精神把很难很难的事完成了，那么随之而来的成就感是金银财宝也换不来的。在孩子仍幼小的时候，听着我的这句话，必定有一定程度的茫然，不过我就这么日复一日地对着他们下咒。他们听懂也好，听不懂也好，这本经，我随时都念。随着孩子们的人生经历越来越丰富，渐渐地，他们也会通过许多经验获得关于这句咒语的印证。

当他们因为专注、努力、认真地完成某些具有难度的挑战之后，也总不忘回我以一个开心的傻笑："米米，因为难，才好玩啊！而且我喜欢攻关！"

这两句幸福人生的魔法咒语，简单的几个字，除了蕴含挑战之外，还藏着挑战之后饱满的快乐，当魔法渐渐发挥功效，它将改变孩子面对事物的思考模式。几年下来，我已能见到小小成效。

当迷路的老师要求他们每日仅需写下半页字数的日记时，迷路愿意花上更多的时间写完满满一整页，即便在记忆文字上有学习障碍的他，也因为相信自己可以超越而超越了。

当迷路看着我的琴谱表示他也想学时，我说："这首曲子，对你目前的程度来说有点太难了,真的想学啊?"他不说话,只是点点头,然后努力而缓慢地弹奏出每一个音符,虽然足足练了一个小时才完成三个小节,但是正因为难,所以才激起他征服的欲望。

当我跟暴走底迪说:"我相信你只要练习个三天,就一定能学会跳绳。"结果底迪露出坚毅又帅气的眼神说:"那我决定一天就把跳绳练好!"果然,他不怕失败一试再试,一个小时内就激发出自己的潜能,学会了跳绳。

在面临各种选择时,孩子们逐渐愿意尝试较难的一种,伴随着鼓励,他们也没有害怕失败的必要,迷路和暴走一直很清楚一个道理,简单的事就算成功了也很无趣,难的事就算失败了也很好玩。

Part 2
迷路，那就游戏吧

眼皮子底下的一切都是玩具，生活里的一切都是游戏！

米米说捡豆子不但会让我们变聪明，还可以让我减肥！

小豆子大冒险

只要父母愿意打开想象力的开关，日常生活中俯拾皆教材，不见得样样需要花钱购买。坊间许多动辄数千或数万元的教学套装组、桌游、感觉统合训练玩具，我自己也买过不少，后来深刻体验到，花了多少钱从来不是重点，能不能陪孩子玩才是关键。

市面上销售的操作类教材都需要大人从旁引导才能达到功效，否则对孩子来说，那也只是一堆毫无意义的塑料制品而已，既不环保又失去了教育意义。

甚至只要孩子弄丢了几个小零件，贵松松[①]的整套游戏组就作废了，深入研究那些教具背后所能达到的训练目的后，爸妈其实可以举一反三，许多唾手可得的日用品一样能达到刺激脑力发展的效果。

[①] 贵松松，形容很昂贵。

小豆子大冒险

游戏1：捡豆子

把豆子随意撒落于地面，请小朋友一颗一颗地捡起来。

游戏2：分豆子

爸妈随兴抓一把红豆、绿豆、黄豆、黑豆或玉米粒（可以用任何无毒可食的坚果或种子取代）混合，给孩子几个涂上红、绿、黄、黑、蓝、紫……的小杯子，请孩子依照指令，分别将不同的豆子各自放进不同颜色的杯子里，进行分类。

游戏3：舀豆子

准备一个装水的脸盆，将豆子撒入盆中，再给孩子一个汤匙和一个小碗，请他们将小豆子一颗颗舀进小碗中。

游戏红利：
① 操练幼儿的专注力、手指小肌肉，以及眼手协调能力。
② 色彩认知训练，以及对豆类、坚果、杂粮类等种子的认识。

游戏提示：
适用于两岁左右或以上的孩子。

① 父母必须全程陪伴，以免处于口腔期的小朋友把豆子吞进肚子里哦！（请斟酌孩子的个别特质，比如迷路从一岁开始就不再把东西塞进嘴里了，但暴走底迪一直乱塞东西到嘴巴里直到四岁呢！）
② 游戏使用的豆子要从少量开始，以免孩子失去耐性。一开始尽量以三分钟内可完成的量为佳，慢慢再调整为五分钟，循序渐进。
③ 可以搭配节奏感较强的音乐，让热闹欢乐的氛围增进游戏乐趣。
④ 配合奖励。孩子每次完整地完成游戏后，请记得给予明确的拥抱、亲吻或其他鼓励。当然，一些健康有机的小饼干或无毒的小贴纸也是很不错的激励方式。

洗澡很好玩
可以画宇宙
画甲虫画恐龙
还可以练习
数学。

厕所里的
闯关游戏

我帮孩子买了浴室水洗蜡笔，那是一种针对小朋友喜欢在墙上涂鸦乱画的天性而设计的超棒商品，不论小鬼把墙面画得多花，妈妈只要拿起莲蓬头冲一冲、刷一刷便能清洁干净！迷路和暴走非常喜欢，他们爱上了边画边玩耍的时光，最重要的是，这满足了他们合法乱画墙壁的"不良心愿"。

有这么好的产品，我当然不可能就这么简单地放过其他的可能性，于是我们把涂鸦进一步变成更好玩的游戏。

厕所里的闯关游戏

游戏1：光屁股故事接龙

我们三个人共同订立了游戏规则，每天不论谁先洗、谁后洗，都一定要留下涂鸦，下一个进来的人继续往下发挥想象，然后每晚睡前手牵手一起进厕所分享创作内容。

游戏2：光屁股数学教室

每晚孩子洗澡前，我会依照迷路与暴走的程度，分别设计不同难度的数学游戏。好比我画了一个圈圈，圈圈里有十五栋大楼，然后再画一只哥斯拉踩扁其中七栋房子的涂鸦，打个问号，问暴走弟现在剩几栋房子。

游戏红利：

① 有效治疗孩子不喜欢洗澡的"病症"，把洗澡变成一件值得期待的事。

② 当我们总是不停地对孩子说"不"时，总要给他们一个快乐的出口。比如"不要乱画墙壁""不要乱画沙发""不要乱画地板和落地窗"，那么，想画就到厕所里画吧！

③ 涂鸦接龙是一件非常激发想象力的事，因为你永远也无法预测前一个人画的是什么，而我又该如何将画面与故

事往下延伸。

④ 孩子坐在课桌前练习数学总是百般痛苦，但如果你让他们光着屁股边洗澡边想数学，效果马上变得很不同。

游戏提示：

① 设定洗澡时间，最长以三十分钟为限，必须在规定时间内完成指定的闯关游戏与洗头、洗澡等事项。

② 当孩子爱上了某个游戏之后，游戏本身就变成了一种可以妥善运用的奖惩办法，如果今日表现不佳、忘了带作业、上课恍神严重、弟弟欺负哥哥、未将便当盒擦拭好便放入书包而导致汤汁灾难……则停止玩游戏一日或数日。

③ 鼓励孩子把心情写在墙上。记得在某个疲惫的加班夜里，当我晚归时，孩子都睡了，踏进淋浴间里却看到迷路写着："我和弟弟今天没吵架，很乖。"短短一句话，好甜，当时妈妈的心立刻便有了归属。

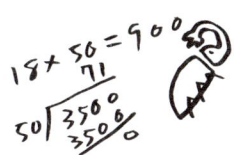

我家就是宝藏帝国

遇到孩子的大节日，比如生日或圣诞节，我经常会策划寻宝游戏，这是一件非常好玩的事，远远比你直接把礼物递到孩子面前更具张力，那种快乐是有好多层次的。最有趣的是，多年后他们不一定记得当时获得了什么玩具，反而津津乐道着那一年寻宝游戏的过程。

我曾经编了一个很荒诞的"木乃伊之战"故事，内容是图坦卡蒙的陵墓被盗墓者破坏之后，不小心误触机关，开启了地狱之门，唤醒所有的木乃伊对人类进行"木乃伊化"的攻击。那些醒来的木乃伊会跑到大街上咬人类的脖子，然后被咬的人也会变成木乃伊，最终人类就被消灭了。因此超级英雄们必须在一个小时内找到七种对抗邪恶木乃伊的魔法法宝。

对！这超烂！咬人脖子的明明就是吸血鬼才对啊！哈哈！不过孩子很天真，他们一点都不想钻研其逻辑性，依然开心得不得了！

故事讲完后，我引导两个孩子画出家里空间的平面图，很简单地画出客厅、餐厅、厨房、走道、厕所、房间与阳台的位置，然后想象力游戏就开始了。

接着迷路用红笔在客厅的位置上画了一座金字塔，然后暴走弟把走道画成了尼罗河，接着他们又在阳台、厨房、厕所等位置上标注了沙漠、绿洲、椰林、人面狮身，以及各式各样他们想要的地点……完成这张图坦卡蒙帝国的地图之后，便由我来点出地图上的寻宝位置。我写了一些小纸条，纸条上有许多暗示，可不能让他们直接找到法宝，那多无趣。他们必须先找到不同的小纸条，然后照着纸条上的暗示，进一步找到法宝。

其实法宝就是给他们的礼物，包含了米米、公公婆婆与其他亲友准备的礼物。

我家就是宝藏王国

游戏红利：

① 这个游戏不仅训练孩子的想象力，更能激荡大人的脑力，画出寻宝内容是需要绞尽脑汁的啊！

② 为了让亲情更浓厚，陪孩子玩耍是一件很重要的事，大人的用心参与，孩子完全可以感受得到。

③ 缺乏创意是成年人的致命伤，经常操练创意绝对有助于启动父母带领孩子的能力。谆谆教诲有时候可能是亲情杀手，与其唠叨，不如善用创造力带领孩子，效果会更好喔！

游戏提示：

每个法宝仅有三次"关主提示"的机会，关主可以是家中任何一位大人，爸妈、祖父母皆可，因此孩子必须慎重考虑发问的次数与内容。

我最喜欢和咪DD一起散步回家路上聊天看人们。还可以看到春天骑楼下的小燕子窝窝！

放学途中的
城市探险

　　记得某次搬家，适逢暴走弟上幼儿园小班，所以每次我带迷路去接弟弟放学时，如果时间允许，加上两个孩子都还不饿的话，我们就会来场冒险游戏。这个游戏很简单，那就是不走我们知道的那条路回家。

　　其实如果照着该走的路走，幼儿园距离我家顶多十分钟的路程，但我们可没那么无趣，我们总是乐于开发全新的路径。拜本岛向来没有都市规划所赐，这个城市里曲折拐弯的巷弄特别多，明明十分钟可以抵达的距离，有时候会因为选择了另一条巷子而绕到天荒地老！不过如此甚好，母子三人因此而获得了更多散步聊天的好时光。

　　有时，米米会带着迷路和暴走认识不同年代与不同功能的建筑，像个导览员般地边走边解说，什么是防火巷、什么是二丁挂磁砖、什么是现代集合式住宅、什么是透天厝、什么是违章建筑、什么是眷村,什么又是不同年代不同尺度造成不同的生活形态。于是他们在很小的年纪时就细腻领悟了平民百姓小日子的风貌,那些专属于台湾这块土地的味道。

    这个城市从不让我们失望,处处都有可爱的小惊喜,像是春天的骑楼下一窝窝初生的小燕子,以及忙碌奔波寻觅食物的燕子爸妈,迷路和暴走经常可以驻足燕窝下,笑脸盈盈地看上许久。又像是某日我们走进了一条隐密的无尾小巷,巷底竟开满了含羞草花,那是孩子们第一次触摸含羞草,他们惊喜无比的小脸至今仍让我难忘。也或者是某一日我们发现一条古味盎然的老街,那条老街上充满了距离这个年代非常遥远的各种奇妙店家,嫁妆行、柑仔店、木料行,还有昏黄色灯光里的中药铺,孩子在那个药铺子的橱窗里初见了海马干,甚感吃惊。我们的日子就是这么好玩,平淡里,岁月静好。

放学途中的城市探险

游戏红利：

① 培养孩子的观察力，发现生活中的小趣味，用心打开眼睛，很多事都值得细细品味。

② 让孩子知道"路，不只有一条"。走错路也不需要感到太挫折，有些时候多花点时间、多绕点路，往往会遇见别人没机会遇见的风景。

③ 在水泥丛林里长大的都市孩子都有运动量不足的问题，如果每天都能散散步、走走路，也是很好的事。

游戏提示：

可以借由这个游戏机会教育，让孩子知道什么样的场所是具有危险性的，比如要与施工中的大型机具保持距离，骑楼下一样会有停车场的车道口，阴暗无人的巷子或许暗藏危机，等等。

处罚也可以变成游戏

孩子总是不断地犯错，也不断地在错误中学习，处罚有其存在的必要性，不过我们经常一个不小心便把处罚设定为恐吓。生活忙碌的家长或许会认为恐吓、打骂是最省时速成的办法。但是速成有速成的代价，孩子在强大的恐惧中获得立即性的改善，却跳过了思考其原因的过程。在我的经验中，许多孩子知道"不能做"，却不甚清楚"为何不能做？"。这样的处罚是有高度风险的，极可能造成父母不在身边时孩子的胆大妄为，因为使他们害怕的不是对错误本身的认知，而是父母强大的威权所致，过当的处罚亦可能危害亲子关系，我们有必要让孩子深入明白，有所为与有所不为各自将产生的结果。

其实"处罚"这两个字不见得非得像西药里的抗生素，一下子杀光所有的好细胞、坏细胞，它反而可以更接近中医药理，找到病因，温和调理，速度放慢一点，但更能根治。

在"处罚"这门学问里,我试过各式各样奇特的招数。比方说迷路如果一而再、再而三地忘记带课本、忘记带作业、忘记完成该完成的功课、上课过度心不在焉被老师告状,在沟通多次仍不见改善之后,我会让迷路来玩一个"角色扮演游戏"。

游戏内容是让迷路扮演暴走底迪的"家长"角色,暴走底迪的学习状况将全权交由迷路负责。接下来的一个月,他得盯着底迪做功课、负责底迪的联络簿。这个过程中,迷路一边觉得好玩、骄傲,毕竟"家长"这个头衔是种权柄,但也一边深刻体会了妈妈过去因为他"不好好做人"所造成的焦虑。当然,我事前已经与暴走底迪的老师打了招呼,告知来龙去脉。于是迷路开始检查弟弟的联络本、被不好好写功课的弟弟搞得一个头两个大、被迫成为老师与弟弟之间沟通的桥梁。迷路必须想方设法解决弟弟在学校发生的问题,像是弟弟忘了带课本、忘了写作业、午休时间吵闹、不好好吃饭、上课带头顽皮……天哪!迷路这才懂了!

结果这比任何严厉的处罚都来得有效,通过角色扮演所产生对"责任感"的具象认知,让迷路站上了更高的位置,体会了他原本不在意或懒得负责的事。

处罚也可以变成游戏

游戏红利：

换个身份，换个脑袋，通过不同的角色扮演可以有效建构起更具立体感的"责任认知"。

游戏提示：

① 在角色扮演的过程中，可能会压缩孩子做功课的时间，这时候父母就必须仔细拿捏交办事项的分量了。事先将做法与老师沟通也是很好的方式，有些老师不但很乐意协助，甚至还能提供更厉害的招式。

② 在这个游戏过程中，我一度担心慢吞吞的迷路会因为分担照顾弟弟的责任而拖累了自己的作业进度。没想到事情正好相反，迷路因为觉得有趣，反而愿意更专心且快速地完成自己的功课，才能当"底迪的家长"。

我喜欢做菜，因为我是爱吃鬼。

下厨是最好吃的游戏

我们家迷路和暴走的外婆是个烹饪高手,南北美食、中西餐点,样样都是拿手绝活,所以迷路在这样的好口福里长大,不但懂吃,也爱试着下厨,我总觉得让孩子下厨是绝佳的操练型游戏。

首先,孩子得好好思量:我想做什么菜?这道菜得准备什么食材?几人份?得准备多少量才刚好?食材要如何处理?先洗?先剥皮?先切?还是得先腌渍?另外,不同食材下锅的前后顺序是什么?调味的技巧又是什么?这些对于家庭主妇轻而易举的逻辑可都是孩子们的脑内大作战。

我们可以通过讲解食材的特性,让孩子知道烹调的顺序规划。比如青菜切好之后必须先将菜梗下锅,快炒一阵子之后才能放入菜叶，以免柔软的叶部过于熟烂。又或者是水煮滚了才能下饺子，以免面皮糊掉。老一辈的人总是把"君子远庖厨"当成沙文主义的挡箭牌，但当时代走到今时今日，讲究美食不但是一种品位，也是自己对自己负责的态度，这是身为一个人有没有足够的能力可以独立生活的重大指标。

男孩若能做得一手好菜，未来在感情的世界里也多了一份浪漫的亮点。身为两个男孩的妈，我一向认为在现今的社会家庭架构之下，女人有时候甚至比男人还忙，下厨早就不该是性别差异之下的义务，应该跳脱性别成为夫妻双方共同承担的责任，甚至要将"做菜"独立出来变成一种才华优势。

我常常思考，有些男人靠外貌、有些男人靠财富迷倒女孩，或许在未来的某一天，我家的男孩儿能够靠着温柔的好厨艺留住女孩的心呢！

下厨是最好吃的游戏

游戏红利：

借由烹调的过程操练手眼协调能力，更重要的是达到训练逻辑、分析事情的条理性、规划能力与细心度的目的，并且让他们从中享受成就感，这是一种结束后还能大吃大喝、犒赏自己的游戏。除此之外，因着身体力行而理解厨房里的种种辛劳，像长时间站立、弯着腰洗菜切菜、夏日炉灶的高温，等等，进而感悟"茶来伸手、饭来张口"的背后其实是长辈日复一日的满满的爱。

游戏提示：

① 平时妈妈在厨房工作时，不但可以一边与孩子聊天，还能一边教给孩子许多厨房诀窍，当有一天孩子走进厨房时，许多小小的"眉角"已然成为他熟悉的领域。

② 避免大惊小怪或过度保护孩子，怕孩子被烫到、怕孩子切到手、怕孩子做得不够完美……首先，大人必须先教导孩子使用刀具或炉具的正确方法，在全程陪同的情况下，我们可以适时出手相助，但绝不批评。

除了黄色小鸭之外的泡澡玩具

在化工产业泛滥的年代，这个世界充满毒物，孩子的玩具经常就是充满塑化剂的凶手，特别当孩子把那些玩具泡在浴缸里时，洗澡水的高温又增加了毒物释放的可能性。

如果游戏不仅仅是游戏，还能肩负起活络小脑袋的功能，那岂不是更好？于是我们唾手可得的家庭用品，样样都能成为兼顾"有趣"及"安全"的玩具。

除了黄色小鸭之外的泡澡玩具

泡澡玩具1
——针线盒里的好东西

将各色棉线剪成一段段 10～20 毫米的线段，加上各种不同大小与颜色的扣子（可选择金属扣子），一起丢入浴缸，再给孩子下达不同指令，比如"三分钟内找到所有白色的线条和黑色的扣子"。

泡澡玩具2
——厨房里的汤匙、捞勺与冰块

在不是太冷的天气、泡澡水温不是太高的状况下，很适合玩这个游戏。首先，将冰块扔入浴缸，然后让孩子用大小不同的汤匙或捞勺试着捞起冰块。因为冰块会融化，所以特别有时间上的紧张感。相信我，这游戏好玩到让迷路和暴走兴奋尖叫呢！

游戏红利：

　　老实说，我不知道别家的小屁孩是不是跟我家这两个一样，能不洗澡就不洗澡。像这种懒兮兮又脏兮兮的男子汉，最适合用游戏的方式让他们爱上洗澡了，有时候甚至泡了一个多小时，手指头都皱巴巴了还不肯起来呢！

游戏提示：

① 只要妈妈发挥创意，浴室一样是个可以边游戏边操练手脑协调的好场所。在玩耍的过程中，小屁孩不但洗得香喷喷的，也达到了身心放松又愉快的效果。

② 沐浴完毕之后，孩子一定会把厕所搞得湿答答、乱糟糟的。别怕！这又是一个非常好的训练机会，请他们自行拖干并清理整洁吧！

大纸箱真的很好玩
有时候我们玩到
破破烂烂
也不想丢掉
因为那是我们
的秘密基地

废物利用
好好玩！

　　前几天，迷路想教底迪跳绳，这才发现迷路的跳绳对底迪来说实在是太长了，当我正准备去巷口文具行买一条新跳绳的时候，突然想到为什么不像我们小时候那样用橡皮筋自己编一条呢？随即又想到去年孩子们风靡一时的"彩虹橡皮筋"还剩下许多，不知到底该留还是该丢，不如自己来编一条跳绳吧！这该有多棒啊，想编多长就多长，想要什么颜色就有什么颜色！

　　偶尔，我也会把家里的废纸收集起来，到了周末就可以陪孩子玩纸浆再制的游戏。首先，将废纸泡水软化，然后带着孩子将纸片揉捏成碎片，放入果汁机里搅成泥状，再加入些许白饭以增加黏度，好让纸浆不散开，孩子还会去露台上摘来好看的叶片混入纸浆，制成独一无二的手工纸！

或者我们也经常玩废纸箱城堡游戏，当家里买来了大型电器、皮箱这类物品时，外包装纸箱一定要玩到破破烂烂才舍得丢掉。因为纸箱子实在是最好玩的材料了，你可以陪着孩子发挥无限创意。有时候是座城堡，有时候是个军事秘密基地，也可以变身为喷火龙藏匿的山洞，不论那个纸箱最后变成了什么，在纸箱内都将展开最有趣的故事。

废物利用好好玩！

游戏红利：

① 报废或闲置的物品也能变出各种花样，只要爸妈不设限，孩子的想象力就会无穷大！准备好任何孩子想象得到的素材，一次又一次的梦幻工程就这么甜蜜展开！设计规划与寻找素材的过程无疑是最好的脑力激荡。

② 许多过程耗时耗力，爸妈陪着孩子一起玩，适时给予协助（例如：纸箱很厚，裁切时需要成年人帮忙），这绝对是增进亲子关系最甜蜜的小游戏。

③ 教孩子从不同角度看待事物。当你换条路出发，垃圾也能成为有意义的物品，不论它将成为一幅足以保留一生的美好作品，或是换来一回永生难忘的美好亲子时光。

游戏提示：

不论孩子想把废弃物变成什么，这都是"他的游戏"。这一刻，孩子是导演，你只是演员，无论他们的计划有多烂，你都得认真地配合、认真地玩耍，确实地融入角色中。有一次，迷路和暴走用废纸浆做了一坨比炒菜锅还大的"恐龙便便"！还有一次米米被要求塞进纸箱里，扮演一只鬼吼鬼叫的喷火龙，而他们两个则是帅气的猎龙高手。

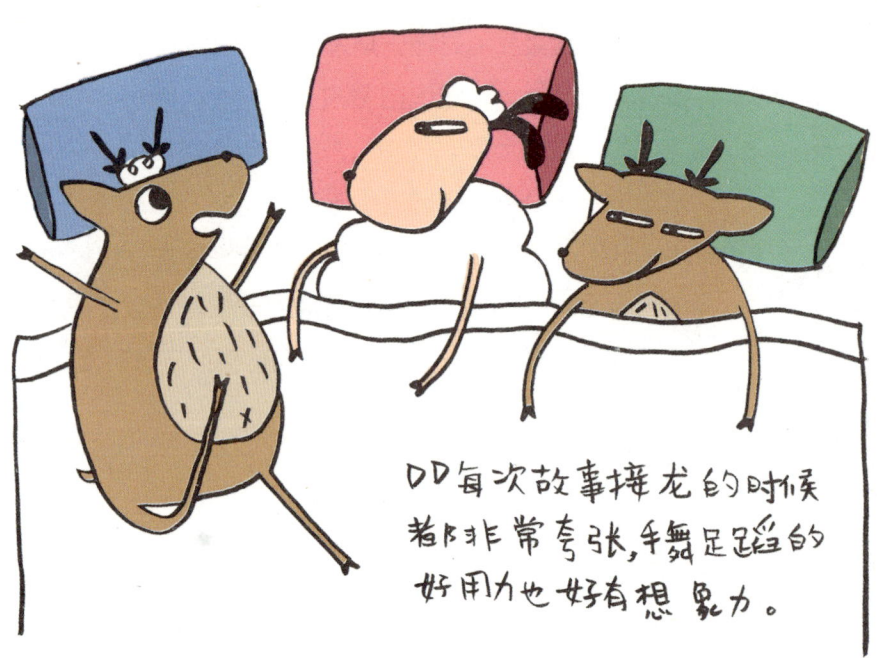

睡前的
故事接龙

　　每晚睡前就是我们的故事接龙时间，我们三个先猜拳，赢的人可以决定提出什么样的"关键词"作为故事的主题，每个人都可以说到不想说为止，接着，就换下一个人继续拓展。

　　这个游戏想必大家耳熟能详，不过偶尔玩玩却无法产生功效，它必须是个经常性的操练。

　　事实上，这个游戏非常有趣，可以让我们母子三人同时获得天马行空的想象机会。有一次我低头瞥见地上的臭袜子，便提出"关于一只袜子"这个关键词，于是一只袜子便展开了险象环生的冒险之旅：那是一只晒衣服时被风吹落到人行道上的袜子，然后被一条路过的狗狗叼走，接着又被街道清洁员丢进了垃圾车，途中它掉落在环河快速道路上，熙来攘往的车子把它辗进了河里，于是这只袜子便有机会跟小鱼和螃蟹聊天……老天！你能想象这是个多么有趣的故事吗？

有一次，迷路提出了"关于老师的秘密"这个关键词，于是"老师原来是个吸血鬼"的八卦就这么被我们在床上的胡说八道中踢爆了！可想而知，这两个孩子笑得有多开心了吧。

还有一次，暴走底迪提出了"一只只有两只脚的蜘蛛"作为引子，结果我们开始想象这只与众不同的蜘蛛将要面临同侪之间如何异样的看待，以及最后他遇到了另一只拥有二十只脚的蜘蛛，当一只脚太少与一只脚太多的蜘蛛相遇，它们找到了彼此之后过着幸福快乐日子的故事。

睡前的故事接龙

游戏红利：

① 在讲故事的过程中会产生许多"表演"需求，表演是教育里最被忽视却也最重要的事，我们必须抓紧每一个让孩子表演的机会。全球教育概念超前的北欧，目前已将"表演"列为儿童正规课程，他们希望借由这样的训练，将孩子的创造力与表达能力提升到极致。

② 借由随机的、急智的原创故事，能训练孩子拥有良好的叙事性与逻辑性，倘若经常训练，除了开创想象力之外，也能建构出一种擅于做简报、擅于说服客户的能量。

游戏提示：

① 不阻碍孩子任何想法，即便你觉得那有多么无稽、多么荒唐，我们的故事正因为孩子不设限的大脑而万分精彩。

② 别担心孩子会因为太嗨而无法入眠，事实上，故事接龙是个得花上大量脑力的累人活动，通常故事一结束他们两个便读秒打鼾，或许是急着在梦里继续写下更绝妙的续章呢！

找字游戏
跟找沃利一样好玩

迷路因为注意力缺失症兼记忆字形障碍，而暴走底迪则是初上小学初学注音符号，两个人在记忆文字上都遇到了些困难。其实除非是天生百分百的学习菁英，否则孩子在学习的过程中，难免会遇到些许困难。

有一阵子迷路总是忘了"过"去的"过"或者"着"怎么写。而底迪则是特别记不起"ㄎ"和"ㄊ"这两个注音，我也曾经试着用传统的老法子，就是要他们拼命地书写、不停地练习，但后来却发现当孩子恍神的时候，即便你凶神恶煞地要他们写上一千遍也是枉然，因为那不过就是灵魂出窍般重复着毫无意义（不经大脑）的机械行为罢了。老实说，如果真的可以强迫孩子认真，哪怕他们只写一遍也能记得啊！

对于这类注意力无法集中的孩子，有趣的记忆方式就成了一门大学问，于是我自创了一种挺好玩的方式，就像寻找 Wally（指的是英国知名童书 *Where's Wally?*）般有趣。

我发给他们一人一本绘本，或是页数不多的故事书，然后再一人发一支铅笔，请他们阅读内容后把所有的"过"和"着"或"ㄅ"和"ㄊ"一一圈出，并且要求每圈一次就要大声地念出来，我听到后就会在旁边计分，看看最后谁的分数高。这是一场好玩的趣味性竞赛，两兄弟乐此不疲之外，通过这个十分钟之内的小游戏，本来无论如何记不起来的字，也就这么牢牢记住了！

找字游戏跟找Wally一样好玩

游戏红利:

① 通过趣味的竞赛游戏来牢记原本记不得的字词,在逐一细读每一字、每一行的过程中,也熟悉了其他的文字。

② 这是一种绝佳的专注训练,借由游戏的特质让孩子百分百专注于阅读,并在完成之后获得奖励,慢慢形成一种对"专注"的体认,并能进一步运用。

游戏提示:

　　这样的操练是一种游戏,而此游戏的目的本就在于激发孩子的学习意愿,因此家长切莫因为孩子圈错或速度太慢而动怒,那就有违游戏精神了喔!

地铁上是一个很有趣的地方这里随时随地都有不同的故事发生。

地铁上的
观察游戏

　　我们母子是地铁族，我是个完全没方向感的路痴老妈，开车这件事对我来说，比上战场冲锋杀敌还可怕。所以在我们的日常生活中，在地铁上的时间占了相当高的比例。

　　在地铁上能不能达到学习目的呢？答案是肯定的。

　　我经常带着他们做"人类行为观察报告"，依照车程长度，他们得找到1~3个值得观察的人然后进行行为观察，并借由锁定人物的神态或肢体语言，找出背后所传达的生活线索，但是这一切，都得在下车后才能向我提出。

　　比如孩子会告诉我——

地铁上的观察游戏

《迷路版》

行为报告:"刚刚有个提着大大公文包笔记本电脑和自助餐的上班族,靠着墙睡着了还流了口水。"

生活线索:"可能是因为他昨天白天被老板骂了,所以晚上回去熬夜赶了报表,导致整晚没睡,而且旁边搞不好还有婴儿在哭,然后今天又上了一天的班,所以连站着睡都能睡到流口水!"

人物启发:"上班族真的很辛苦,有些人觉得只能让位给老弱妇孺,不过如果我现在有位子可以坐,我会请那位大叔来坐我的位子,因为他背着大包小包的,而且看起来真是累坏了!"

《暴走版》

行为报告:"我旁边的旁边的阿姨边打电话边骂人,挂掉电话后很用力地把手机摔进她摆在地上的大包包里,心情很差,脸超级臭。"

生活线索:"她可能遇到了刺头所以一直理论,也有可能她自己就是个刺头所以骂人。"

人物启发:"这个时候我要乖乖的,坐在她旁边不敢发出声音,不敢乱笑乱皮,不然她搞不好会变成恐怖的暴龙。"

游戏红利：

① 《迷路版》的经验：让孩子借由观察建立体贴人的同理心，也学会"换个角度看事情"，许多价值观都不该只有单一的标准，好比"博爱座"这个观念。

② 《暴走版》的经验：让孩子借由这个游戏学会察言观色，掌握周遭人物的情绪是一门大学问，会看脸色的孩子未来搞不清状况的概率也会降低。

③ 从细腻的观察力到抽丝剥茧，找到属于自己的生活哲学之外，还能训练良好的表述能力。

游戏提示：

观察人生百态的过程中，礼节很重要，不在当下交头接耳窃窃私语，不对人指手画脚，不能无礼地直盯着人，下车后才能进行报告。请务必学习生物学家的精神，观察中不打扰生态环境。

我跟DD最喜欢玩
画画接龙了,我们可以创造出很多很多
很瞎又很好玩的故事。

引爆想象力的
涂鸦接龙

涂鸦接龙是迷路和暴走底迪自行研发出来的小游戏，我从旁观察之后发现，它对于想象力的开发效果惊人，于是非常鼓励他们用这种方式玩耍。

通常他们会由其中一个人先下笔，而且边画边讲故事，另外一个人仔细观赏聆听，等到第一个人画到某个阶段之后，第二个人接续着画下去、讲下去。身为旁观者，也身为一个大人，面对小朋友天马行空的惊人想象力，往往只能一路赞叹不已。

通过创作故事，不仅能建构出绝佳的人、事、时、地、物逻辑，因为他们必须边说边画，渐渐也练就一身即兴创作的本领，想到哪儿画到哪儿，手脑合一。两个孩子下笔从不踌躇，在画面上的表达能力一天比一天好，脑子里想象的，小手马上零时差地跟上节拍。看着他们画画，我经常扼腕着、羡慕着，那是大人都无法拥有的能力啊！不过仔细一想，这多半由于僵化的教育与社会框架剥夺了每个人其实都曾具备的超能力啊！

引爆想象力的涂鸦接龙

游戏红利：

① 培养孩子讲故事的能力。千万别小看这件事，乔布斯就是个善于讲故事的高手，一个懂得善用情节与情绪来引人入胜的人，往往更具备说服他人的能力。

② 培养孩子即兴创作的能力。脑子里有画面的人，未来相对会比脑子里没有画面的人更具素材，这样的人才或许有机会写出让人拍案叫绝的小说，也有可能如大导演李安般，把奇思妙想落实成电影。另外，这样的孩子长大之后理解能力也相对较佳，在预测尚未发生或尚未有结论的事情上，能获得更宽广的比较数据，毕竟对于每一种可能性，他们都早已在脑袋中演练多次了。大科学家霍金就是一个例子，世上科学研究者何其多，但是兼具数理、物理、天文、地理的常识之外，想象力才是霍金的秘密武器。

游戏提示：

欢迎爸爸妈妈一起参与好玩的画画接龙游戏，在这个过程中，让孩子取笑我们贫乏的想象力与差劲的画面表达能力是件再棒不过的事了，他们将因而获得更大的成就感！

找到灵魂里的宝藏

我常常在睡前要求孩子玩"找到灵魂里的宝藏"这个游戏,他们必须先说出两项在自己身上发现的新优点,然后再说出两项在对方身上发现的新优点。

接着,他们得告诉我,这些优点将造成生活中哪些不同?或是未来长大之后,能借由这些优点达成哪些愿望?不论这些优点小到多么微不足道,都很值得孩子继续向下扎根、向上开花。

有一次暴走底迪说:"我最近很努力吃饭,我明明不想吃了,但还是会强迫自己再吃十口,这就是新的优点喔!"

"好棒喔!那你可不可以告诉我,这项优点会得什么好处呢?"我问。

暴走底迪:"这样才会长高高,长高高以后才会很帅,很帅以后我自己会很开心，很开心的话，生活就会很快乐。"

某一次，迷路说："我最近有了一种新的优点，那就是我越来越爱看只有文字的书了，以前我只爱看有很多图片的书。"

我说："你好迷人喔！我最喜欢爱看书的男生了，那你可不可以告诉我爱看文字类的书能产生怎么样的好处呢？"

迷路说："我觉得看文字比较酷，可以爱怎么想象就怎么想象，而且我看了这些书以后，写作文可以用到一些新的句子，也会记起来一些本来我不会写的字。还有，我看了越多小说，就存了越多故事在脑袋里，万一以后我想当导演，也才有很多元素可以运用。"

虽然这话语里尽是天然呆的童趣，似乎没有太深奥的道理，不过孩子通过反复的自我思考，再加上旁人的认同后，大脑便会下达一道指令，促使孩子继续保持这个优点，他们一天比一天更认识自己的优点，就一天比一天接近更好的人。

找到灵魂里的宝藏

游戏红利：

① 通过游戏，越来越喜欢更好的自己。
② 借由说出对方的优点练习正面思考，练习看到别人的美好。

游戏提示：

　　父母在陪伴孩子玩这个游戏时，切忌过于理性思考，在我的经验里，孩子经常会说出令人啼笑皆非的优点，比如："我的优点就是屁股越来越大了"，"我最近打葛格越打越轻了"。但即便答案荒唐如是，一样也可以训练孩子的思考力，他们必须解释屁股大的好处，这时，就算不具备建设性，也仍然是个很好的脑力激荡。

收集知识

培养孩子的求知欲,未来才有竞争力。许多丰富的知识是课本之外的奇珍异宝。于是我开始要求孩子尽力收集各样知识,不论是动植物、宇宙星体、宗教哲学、人文风俗、外星人、古文明,还是医学常识,任何领域的知识都是养分,可以累积在孩子的体内,扩充大脑的数据库,同时,我相信知识使人充满气质。

游戏规则是,只要提供一项新知,就能换取一个好宝宝点数,当然这好宝宝点数是综合的,里面包含了日常表现、学业表现、做家务,甚至是经由自身体验得来的新发现,一旦达到五十点,他们就能换些小奖品或看一场电影。

孩子们乐此不疲,开始翻书、翻阅报章杂志、收看知识频道,或愿意在课堂上打开耳朵,仔细收集老师提供的全新信息,建构起功能绝佳的脑内雷达,像海绵一样强力吸收。

在过程中，米米更会努力提供大量有趣的知识以激发孩子的意愿，他们提供一则新知，我就提供五则，教学相长，许多时候我能让孩子惊叹连连，也有些时候是孩子令我讶异不已。

好比老鼠的基因记忆，一只老鼠若吃下了某种具有毒性的食物却侥幸存活下来，那么这只老鼠所产下世世代代的子孙，都将会避开这种食物。

又好比香水的天然原料龙涎香，原材料是香鲸消化道里的粪结石，初取得时奇臭无比，必须将整个组织埋在土里数年，待外层之物完全被微生物分解之后，便会成为蜡状结晶，香气四溢，不论东西方，龙涎香在古时都是上贡给皇帝或贵族的珍品。

收集知识

游戏红利：

① 通过这个小游戏，能让孩子成为信息接收站，他们将乐于打开五感，张大眼睛看世界，打开耳朵收听信息。

② 鼓励孩子从各个领域获得不同的知识，就算是"煮好溏心蛋的方法"或"清洁狗狗牙齿的正确方式"也都令人跃跃欲试。

游戏提示：

　　爸妈也要加油喔！尽力收集过去你所不知道的知识，别以为只有孩子需要拥有求知欲，生活贫乏又沉闷的大人，要靠知识的补给让大脑永保活力喔！

我真的很害羞
我真的很怕打招呼
但是我在努力克服了
也请你不要因为
我害羞就认为
我没有礼貌
如果你愿意了解我
你会发现其实我
不是你认为的那样
请大人们给我们
一点时间长大,好吗？

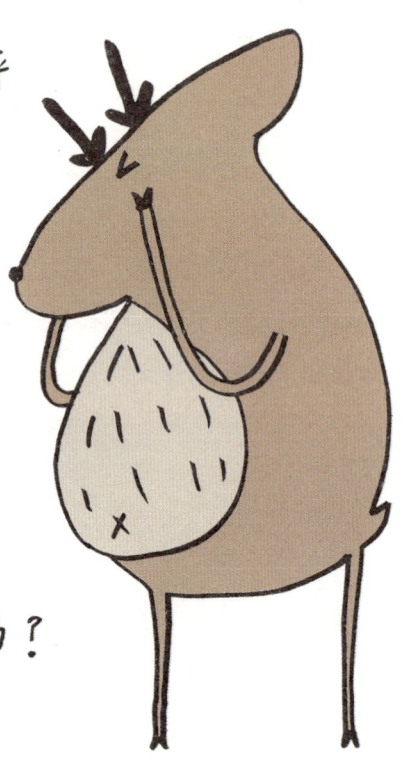

打招呼游戏

迷路生性害羞又内向，对他而言，"打招呼"的困难度与数学不相上下，虽然大部分的人很难想象打个招呼究竟困难何在。不过我非常清楚像我们这样天生喜欢躲在幕后性格的人格特质里，怕生、不爱社交、爱隐藏、喜欢躲……都是难以否认的事实，米米即便年过四十，至今内心仍住着一个打招呼障碍娃娃，有时恨不得披上哈利·波特的隐形斗篷快速通过人群，只不过，历经几十年社会化的磨练之后，我知道这是人与人之间必须完成的仪式。

在台湾，大人似乎不容许孩子因为害羞而不打招呼，人们总把"不好意思打招呼"与"缺乏礼貌和家教"画上等号，这之间少了许多体谅和包容不同个性的可能性。我其实一点都不在乎别人批评我没把孩子教好之类的闲言碎语，却十分不舍像迷路这么一个单纯善良而又乖巧的好孩子，只因害羞就被扣上品行不佳的大帽子。

为了克服怕生、不擅社交的问题,我提出了一种人性化的实验游戏,当孩子一听到"实验游戏"这样的字眼,兴趣就来了。

我请孩子们每天做三种实验,在日常生活中,打招呼的机会何其多,他们一早出门会遇到小区里的邻居,接着会在校园里遇到许多老师,周末也会碰到各式各样的亲友。实验 A 是"不打招呼",实验 B 是"挥手致意",实验 C 是"大声说出阿姨叔叔好",然后记录下三组实验的对应结果,对方的反应是什么,孩子们必须完整地观察并进行讨论。

打招呼游戏

《迷路的报告》

在"不打招呼"的实验 A 里，我发现对方的脸很臭，也故意假装没看到我。在"挥手致意"的实验 B 里，电梯里遇到的邻居给我一个很微小的微笑。在"大声说出阿姨叔叔好"的实验 C 里，那些大人感觉很开心，夸奖我真有礼貌，还顺便夸奖我很帅。

但是问题来了，接着他们问我：上几年级啦？功课忙不忙啊？最近画新的作品了吗？这一开始让我感到挺困扰的，因为我并不想说更多的话，不过被大声夸奖的感觉的确不错，而且实验了几次以后，我也没那么害怕跟大人聊天了，好像没有想象中的难。

《暴走底迪的报告》

我本来就不害羞啊！我每次都会大声打招呼，所以楼下小区物业管理的伯伯常常带我去中庭里摘水果。还有邻居会说我是个可爱的小卷毛，反正我喜欢聊天，所以早就知道打招呼是件很好玩的事了，我又不是葛格那种闷闷宅男！所以我根本不想做前面 A、B 两组实验，一点好处都没有！

打招呼游戏

　　这三组实验属于第一阶段的任务，隔了一个月之后，我把实验 A 删除，剩下 B、C 两组，而且借由这个实验，打招呼的习惯也在不知不觉中养成了。

游戏红利：

① 很奇妙的是，即便每天请孩子做相同的实验，他们回复的报告内容也都大不相同，对应之人的个性上百种，经由这样的观察讨论，孩子也能更深入理解社会百态。

② 孩子经历了打招呼之后获得的友善响应，久而久之，便容易克服害羞的心魔。

游戏提示：

① 一个大人不能以在江湖上打滚数十载的结果来论定孩子当下的无心之过，父母理当是这个世界上最了解自己孩子个性的人，避免以孩子不懂的成人游戏规则来咎责儿童期的正常反应，尽量拿出创意，让小朋友在不伤感情、不被责难的状况下逐步养成习惯。

② 打招呼是人类文明里最自然的情感展现。在原始部落时代，互相问候是出自内心的真情，演变至今，打招呼成

了评价彼此礼节的仪式,而孩子的成长过程无非就是一部人类演进史的缩写。儿童阶段正如早期的原始时代,他们遇到小玩伴、遇到至亲至爱时喜形于色,往往不仅仅是打招呼而已,拥抱、亲吻也很正常。至于遇到不那么熟稔的人,他们害羞、害怕也都是再自然不过的反应,家长别因为过于担心社会的眼光与众人的批判而施压于孩子,只要我们从科学的角度理解儿童心理,心一宽,引导孩子的灵感自然就来了!

感动在后面

其实米米不是育儿达人,更不是什么教育专家,我只是一个童年一直没有过完的大人,心里一直住着一个不成熟的孩子。

所以每每和孩子相处,我只要将心里那个比迷路和暴走弟年龄再大上一点点的大姊姊召唤出来,让孩子与孩子们对话,事情就变得容易许多,无论如何总比"辈分关系"中的阶级制度好"参详",毕竟凡是建构在阶级之分底下的,就很容易产生阶级对立的情绪。

"母亲"这个称呼只是一个头衔,虽然这个头衔听起来既权威又不可忤逆,但事实上,宇宙赋予"母亲"的责任,只是陪伴、理解,只是引导、启发。

纪伯伦在《先知》一书中提到孩子,他是这么说的:

你的孩子不是你的
他们是生命本身充满渴望的儿女
他们经由你来到这个世界　但　他们不属于你

你可以给他们你的爱　但　不是你的思想
因为他们有自己的思想
他们的身体住在你的屋里　但　他们的灵魂并不
因为 他们的灵魂居住在明日之屋
甚至 在梦中你也无法前去探访
你可以尽力让自己变得像他们　但是
不要使他们像你　因为
生命不会倒流 也不会在昨日伫足
你是弓　经由你　射出子女的生命之箭
神箭手瞄向无穷远的目标
以他的神力将你拉弯
把箭射得又快又远
任那神箭手将你弯满
那是一种真正的喜悦　因为　一如他喜爱飞快的箭
他也同样喜爱沉稳的弓

　　我们都曾是个孩子，也比谁都清楚这个社会给了孩子们数也数不清的框架，却不曾给他们一个独立思考的机会。

　　于是当我有幸荣获了"母亲"这个称谓之时，我能做的便是"不盲从"，不做一个未经思考就跟队伍向前走的人。

我们眼睁睁地看着"不要输在起跑点"成为父母心中牢不可破的迷信，而挣扎在这样观点下的孩子，长大成人之后往往又出奇地平凡与苦涩。

有些人终其一生不曾问过自己："我到底喜欢什么？我的梦想到底是什么模样？"

米米也四十出头了，行走江湖亦不是一两天的事，在见识了那么多平凡以及不平凡之后，我只想陪着孩子玩耍，陪着孩子长大，陪着孩子快乐。路是他们自己的，那就让他们规划自己的地图吧！迷路和暴走长大以后或许不见得能飞黄腾达（通常在台湾，飞黄腾达指的是"很会赚钱"），不过我很有信心，这两个小家伙一定能找到属于他们的信仰，一定能找到自己所爱，而且，一定会活得精彩，不枉此生。

我愿做孩子的一把弓，弓越有弹性、越懂弯曲，箭，飞得越远。